UFER DES WUNDERS

Wo jede Welle Träume zum Leben erweckt

Translated to German from the English version of
Shores of Wonder

Maheshwara Shastri

Ukiyoto Publishing

All global publishing rights are held by

Ukiyoto Publishing

Published in 2023

Content Copyright © Maheshwara Shastri

ISBN 9789360166380

All rights reserved.

No part of this publication may be reproduced, transmitted, or stored in a retrieval system, in any form by any means, electronic, mechanical, photocopying, recording or otherwise, without the prior permission of the publisher.

The moral rights of the author have been asserted.

This is a work of fiction. Names, characters, businesses, places, events, locales, and incidents are either the products of the author's imagination or used in a fictitious manner. Any resemblance to actual persons, living or dead, or actual events is purely coincidental.

This book is sold subject to the condition that it shall not by way of trade or otherwise, be lent, resold, hired out or otherwise circulated, without the publisher's prior consent, in any form of binding or cover other than that in which it is published.

www.ukiyoto.com

An meine liebende Familie

Ohne Ihre Unterstützung, Ermutigung und Ihren Glauben an mich wäre dieses Buch nicht möglich gewesen. Du warst meine Inspiration und meine Motivation während dieser Reise und ich bin für immer dankbar für deine unerschütterliche Liebe und deinen Glauben an mich.

Vielen Dank an meine Eltern, dass Sie mir den Wert harter Arbeit, Ausdauer und Hingabe vermittelt haben. Deine Führung und Weisheit haben mich zu der Person gemacht, die ich heute bin.

An meine Geschwister und deren Ehepartner, Nichte und Neffe, vielen Dank, dass ihr meine größten Fans seid und mich immer anfeuert. Ihre Begeisterung und Begeisterung für meine Arbeit haben mich motiviert und angetrieben.

Meinem Ehepartner danke ich für Ihre Geduld, Ihr Verständnis und Ihre bedingungslose Liebe. Ihre Unterstützung und Ermutigung haben mir die Kraft gegeben, meine Träume zu verfolgen und meine Ziele zu erreichen. Dieses Buch ist euch allen gewidmet, von ganzem Herzen und mit Dankbarkeit. Ich hoffe, es bringt Ihnen Freude, Inspiration und ein Gefühl des Stolzes auf das, was wir gemeinsam erreicht haben.

Mit Liebe und Wertschätzung,
Maheshwara Shastri
In diesem Buch findest du

"Shores of Wonder" ist eine fesselnde Küstengeschichte, die die Leser zu einer bezaubernden Reise einlädt, bei der sich das Gewöhnliche in das Außergewöhnliche verwandelt. Folgen Sie Bubba, während er die Geheimnisse seiner Küstenwelt lüftet und die wahren Schätze entdeckt, die im Herzen verborgen sind.

- Vorwort -

Auf eine seltsame, aber nicht überraschende Weise möchte ich denjenigen, der dieses Buch in der Hand hält, informieren, dass er genau in diesem Moment am Leben sein muss, atmet, die Berührung spürt, etwas in seinen Köpfen spürt und zu diesem Zeitpunkt hatte dein Herz einige Milliliter Blut über das gesamte Nervensystem gepumpt.

Du weißt all diese Dinge, aber du wusstest nichts davon. Du hast nicht die Entscheidung getroffen, du zu sein, genauso wenig wie deine Eltern. Du wusstest nicht, woher du kommst und du weißt nicht, wo du enden wirst. Dein erster Atemzug war dir unbekannt, so wie auch dein letzter Atemzug nicht bekannt sein wird. Du denkst, dass du dir über alles im Klaren bist, aber glaub mir, das tust du nicht. Du denkst, du kannst Entscheidungen über alles im Leben treffen, aber du weißt nie, dass dein Leben bereits vorbestimmt ist. Der Grund, warum du hier bist, ist nicht nur zufällig, sondern weil du hier sein sollst. Sie sind hier wie geplant, der Plan fehlerfrei, der Plan mit höchster Präzision.

Haben Sie sich jemals gefragt, wer Ihr Leben GENAU BESTIMMT hat?

Was wäre, wenn Sie die vorgegebene Präzision im Laufe Ihres Lebens erforschen könnten?

Schließe deine Augen und stelle dir vor, du bist NULL; deine Größe ist eine Billion Mal kleiner als die kleinste Spezies auf diesem Planeten. Nimm dir einen Moment Zeit, um es dir vorzustellen, und beginne dann zu lesen.

Wir hoffen, Sie genießen die Reise von Shores of Wonder.

Der Akt des Reisens beinhaltet, zu einem bestimmten Zeitpunkt und mit einem vorgegebenen Zeitplan zu einem Ziel geleitet zu werden. Fast jeder reist gerne, auch der Jüngste von ihnen, der mit anderen reisen möchte. Ebenso freut sich jeder darauf, seine Lieblingsplätze zu besuchen. Einige mögen sagen, dass sie nicht in der Lage sind zu reisen; sie können sich erschöpft und gestresst fühlen, wenn sie zu viel reisen.

Es ist eine Tatsache, dass jeder Mensch mindestens einmal im Leben reisen muss. Jedes Lebewesen muss auf Reisen gehen. Was ist, wenn die Reise kein Ende, keinen bestimmten Ort oder keine Zeit hat? Ja, ich erzähle Ihnen nicht von einer Reise zu einer Hochzeit oder einem Urlaub. Ich erzähle Ihnen von der Reise des Lebens, die neun Monate im Voraus beginnt, mit Wartelisten von Hunderttausenden, als ein Kleinkind weint und auf die erste Liebe unserer Mutter schaut, und es heißt die Reise des Lebens.

Wir sind auf einer Reise, unser Zuhause ist ein Fahrzeug, unser Vater ist der Fahrer und Manager, und meine Mutter sitzt in der Ecke des Autos und erzählt mir Geschichten, bis meine Station ankommt, genießt jeden Aspekt dieser Fahrt und dient als guter Führer auf dem Weg. Die Liebe und Zuneigung einer Mutter wird nie vergessen werden und ihre Schulden werden nie zurückgezahlt werden.

Es heißt, sobald unsere eigenen Stationen ankommen, müssen wir absteigen. Nachdem wir ausgestiegen sind, wird das Fahrzeug weiterfahren und andere absetzen. Ein Mensch ist immer in einem Fahrzeug des Lebens. Die Geschichte handelt davon, wie er auf seiner Station gelandet ist, während niemand ihn sehen konnte und wofür er als nächstes kämpfte.

Maheshwara Shastri
Autor

In diesem Buch findest du

"UNERFORSCHTE GEWÄSSER"	1
"DAS VERSPRECHEN EINES SOHNES"	13
"DAS GEHEIMNIS DES STEINFISCHS"	31
"EINDRINGLINGE AUS DEM HIMMEL"	43
"INS BLAUE UNBEKANNTE"	62
PAUSE	80
FEIND IM INNEREN:	82
"LICHTER IN DER TIEFE"	93
"BUBBAS LETZTES GEFECHT"	110
"AUS DER ASCHE AUFERSTEHEN"	125
FAZIT	138
ÜBER DEN AUTOR	*139*

"UNERFORSCHTE GEWÄSSER"

Vor langer Zeit waren die Tage unglaublich realistisch, und die Vorstellungskraft war schockierend lebendig; die Realität verbarg sich, und die Faszination schmückte jedes Gesicht. In einer Welt, die nach Wissen dürstete und voller gutherziger Seelen war, entstand eine einzigartige Blüte.

Bubba wurde als Sohn von Nerissa und Morvane geboren, einem Paar, das sich an der Küste von Karnatakas Tulunadu-Region niedergelassen hatte.

Nerissa betrachtete sich als gesegnet als die Frau eines Fischers und widmete ihr Leben ganz Morvane, ihrem Mann und ihrem geliebten Sohn Bubba.

Für den tapferen Fischer Morvane, der die meiste Zeit seiner Tage damit verbrachte, die kältesten Wellen des Arabischen Meeres unter einem sengenden Himmel zu navigieren, war der gesamte Ozean sein Universum. Morvane arbeitete täglich auf einem persischen Fischerboot vor der Küste von Karnataka.

Seine Karriere verlieh seinem Leben einen größeren Sinn. Selbst als gewöhnlicher Bootsarbeiter war er der inoffizielle Kapitän des Schiffes, ein technischer Experte für bootsbezogene Angelegenheiten und

Angeltechniken. Der Besitzer des Bootes verzeichnete einen zweistelligen Anstieg der Produktion und des Umsatzes aufgrund von Morvanes Ideen und Vorschlägen beim Angeln.

Als Bubba sieben Jahre alt wurde, war es ein freudiger Tag für ihn. Er wartete sehnsüchtig auf die Rückkehr seines Vaters und wusste, was ihn erwartete: Geschenke, Kuchen und Schokolade, wie es für Kinder üblich ist.

An diesem besonderen Tag war Bubbas Aufregung spürbar. Der kleine Junge erbte die Faszination seines Vaters für das Meer und seine Geheimnisse. Er schloss sich oft seiner Mutter Nerissa an, als sie geduldig Fischernetze flickte und auf die Rückkehr ihres Mannes wartete.

Die Sonne begann ihren Abstieg und warf einen warmen, goldenen Schein über das Küstendorf. Das Lachen der Kinder hallte durch die engen Gassen, während sie Spiele spielten und ihre nackten Füße auf dem weichen, sandigen Ufer tanzten. Es war ein einfaches Leben, aber eines voller Liebe und gemeinsamer Träume.

Als der Abend näher rückte, versammelten sich die Dorfbewohner in der Nähe des Ufers und warteten auf die Rückkehr der Fischerboote. Bubba stand am Rande des Wassers und streckte die Augen aus, um den ersten Blick auf das Boot seines Vaters zu erhaschen. Heute hatte sein Vater versprochen, eine außergewöhnliche Geschichte aus dem Meer zu erzählen, ein Versprechen, das Bubbas Aufregung den ganzen Tag über angeheizt hatte.

Schließlich begannen in der Ferne die Lichter der Fischerboote wie ferne Sterne am Horizont zu funkeln. Bubbas Herz raste, als er zusah, wie die Boote näher kamen, eines davon war das seines Vaters. Morvanes Boot war mit hellen, bunten Flaggen geschmückt, ein Zeichen dafür, dass sie einen erfolgreichen Fang genossen hatten.

Als das Boot das Ufer erreichte, eilten die Dorfbewohner herbei, um beim Ausladen der Netze zu helfen. Bubba konnte seine Aufregung jedoch kaum zurückhalten und stürzte auf seinen Vater zu. Er war in eine warme, salzige Umarmung gehüllt, als Morvane ihn hoch in die Luft hob.

"Hast du den größten Fisch im Meer gefangen, Vater?" Fragte Bubba mit großen, eifrigen Augen.

Morvane lachte herzlich und kräuselte die Haare seines Sohnes. "Wir haben vielleicht nicht den größten Fisch gefangen, mein Junge, aber wir haben eine Geschichte, die dein Herz zum Rasen bringen wird."

Als sich die Dorfbewohner versammelten, begann Morvane seine Geschichte. Er beschrieb einen Tag voller unerbittlicher Wellen und tückischer Winde, einen Tag, an dem ihre Netze eine bemerkenswerte Entdeckung verstrickt hatten. Anstelle von Fischen hatten sie an Bord einer Kiste gezogen, die mit

Markierungen versiegelt war, die sie nicht entziffern konnten.

Neugier geweckt, hörte Bubba aufmerksam zu, als sein Vater weitermachte. In der Kiste fanden sie alte Schriftrollen, komplizierte Karten und einen mysteriösen, verzierten Schlüssel. Die Entdeckung hatte die Fantasie der Besatzung entfacht, und sie hielten nun das Potenzial in den Händen, den Ort eines verborgenen Schatzes zu entschlüsseln.

Die Dorfbewohner staunten über die Geschichte, ihre Gesichter spiegelten eine Mischung aus Aufregung und Neugier wider. Das Potenzial, einen längst verlorenen Schatz zu entdecken, erfüllte die Luft mit einer ansteckenden Energie. Morvanes Boot verwandelte sich schnell in das Herz eines neuen Abenteuers.

Bubba konnte sein Glück nicht fassen. Die Aussicht, seinen Vater auf dieser spannenden Suche zu begleiten, ließ sein Herz höher schlagen. Seine Träume von Erkundung und Staunen sollten Wirklichkeit werden, als er und sein Vater sich auf ein Abenteuer vorbereiteten, das sie weit über die vertrauten Ufer von Tulunadu hinausführen würde.

Sie wussten nicht, dass dies nur der Anfang einer Reise war, die nicht nur die Geheimnisse der Vergangenheit aufdecken würde, sondern auch das verborgene Potenzial in sich selbst. Die wahren Schätze lagen in den Bindungen, die sie schmieden würden, den Lektionen, die sie lernen würden, und dem Vermächtnis, das sie auf dieser außergewöhnlichen Reise hinterlassen würden.

Ihr Abenteuer war im Begriff, das verborgene Gesicht der Welt zu enthüllen, wo Träume und Realität miteinander verflochten waren und wo jede Entdeckung nicht nur die Wunder der Welt, sondern auch die Geheimnisse in ihren eigenen Herzen enthüllte. Nerissa schüttelte Bubba sanft, ihre Finger bürsten sein zerzaustes Haar.

»Bubba, es ist Zeit aufzuwachen«, flüsterte sie, ihre Stimme eine sanfte, beruhigende Melodie.

Bubba rührte sich im Schlaf, seine Träume verblassten langsam wie Nebel in der Morgensonne. Er murmelte, noch halb verloren in seiner imaginären Welt, "Nur noch ein paar Momente, Mutter."

Aber Nerissa beharrte darauf und wusste, dass der bevorstehende Tag echte Abenteuer für sich bereithielt. Sie beugte sich näher und sprach mit einem Hauch von Wärme und Dringlichkeit: „Bubba, die Sonne geht auf und das Dorf wartet. Es ist Zeit, den Tag zu begrüßen."

Langsam öffnete Bubba die Augen, die lebendige Traumlandschaft versteckter Schätze und meeresgebundener Quests wich der gemütlichen Realität seines Zimmers. Er blinzelte und passte sich dem durch das Fenster filternden Morgenlicht an.

Nerissa lächelte, ihre Liebe zu ihrem Sohn strahlte aus ihren Augen. "Guten Morgen, meine Liebe." Bubba erwiderte das Lächeln, immer noch gefangen zwischen den Welten der Träume und der Wachheit. »Guten Morgen, Mutter.« Mit einem sanften Stoß ermutigte Nerissa Bubba, aufzustehen und den Tag zu beginnen. Obwohl die Träume von großen Abenteuern mit dem Morgen verschwunden sein mögen, erwartete das Versprechen neuer, alltäglicher Wunder außerhalb ihres Hauses, im Herzen ihres Küstendorfes.

Als Bubba sich erhob, um dem Tag zu begegnen, konnte er nicht anders, als ein Stück seiner Traumwelt mit sich zu tragen. Das verborgene Gesicht der Welt winkte immer noch, gefüllt mit den Geheimnissen des Ozeans und der Magie der Phantasie. Und wer wusste, welche echten Abenteuer gleich um die Ecke lagen und darauf warteten, in der Umarmung der wachen Welt entdeckt zu werden?

Bubbas Augen funkelten vor Hoffnung, als er seine Mutter ansah, und sein Herz füllte sich mit der Vorfreude, endlich seinen Geburtstag zu feiern. "Mutter, wird Vater diesmal einen Kuchen bringen, wie er es letztes Jahr versprochen hat?", fragte er, seine Stimme war aufgeregt.

Nerissa starrte ihren Sohn mit einer Mischung aus Liebe und Traurigkeit an. Sie wusste, dass das Versprechen aus dem Vorjahr in einem optimistischen Moment gemacht worden war, aber ihre finanzielle Situation hatte sich nicht verbessert. In einem zarten, gedämpften Ton begann sie zu erklären: „Bubba, du weißt, dass dein Vater unermüdlich auf dem Fischerboot arbeitet, aber das Meer kann unberechenbar sein. Manchmal fangen wir nicht so viele Fische, wie wir hoffen, und es ist schwierig, Geld für Dinge wie Kuchen zu sparen."

Bubbas hoffnungsvoller Ausdruck begann zu schwanken, und er runzelte die Stirn. "Aber die anderen Kinder haben Kuchen an ihren Geburtstagen, Mutter. Ich habe sie gesehen."

Nerissa hielt die Hand ihres Sohnes, ihr Herz schwer von der Last seiner Erwartungen. "Ich verstehe, meine Liebe, und ich wünschte, wir könnten einen Kuchen wie sie haben. Aber denken Sie daran, wir haben etwas Kostbareres als jeden Kuchen — wir haben einander und die Liebe unserer Familie. Dein Vater kann dieses Jahr vielleicht keinen Kuchen mitbringen, aber er bringt jeden Tag etwas viel Wertvolleres mit – seine harte Arbeit, sein Engagement und seine Liebe zu uns."

Bubbas Enttäuschung hielt an, aber er nickte langsam und verstand die Opfer, die sein Vater für ihre Familie gebracht hatte. "Ich weiß, Mutter. Ich dachte nur, dieses Jahr könnte es anders sein."

Nerissa umarmte ihren Sohn fest und versicherte ihm: „Jedes Jahr ist auf seine Weise etwas Besonderes, Bubba. Heute werden wir einen Weg finden, Ihren Geburtstag mit der Liebe und Wärme zu feiern, die wir haben. Lassen Sie uns diesen Tag in unserem eigenen einzigartigen Stil unvergesslich machen."

Mit diesen Worten teilten Mutter und Sohn einen Moment der Verbindung und bekräftigten die Stärke ihrer Familienbande. Obwohl der Kuchen unerreichbar blieb, wären ihre Liebe und Widerstandsfähigkeit die süßesten Zutaten für Bubbas Geburtstagsfeier.

Die Sonne tauchte tiefer in den Himmel und warf einen warmen, goldenen Farbton über das Küstendorf. Kinderlachen und aufgeregtes Geschwätz erfüllten die Luft, während sie Spiele an der weichen, sandigen Küste spielten, wobei ihre Augen häufig den Horizont abtasten. Es war die Tageszeit, als sich die Dorfbewohner am Ufer versammelten und sehnsüchtig auf die Rückkehr der Fischerboote warteten.

Nerissa stand inmitten der Gruppe und ihre Augen wanderten nervös vom Meer zu ihrem Sohn Bubba, der sich von den anderen Kindern abgrenzte und aufmerksam auf die herannahenden Boote blickte. Ihr Herz schmerzte vor Sorge, da sie wusste, dass Bubba gespannt auf seinen Vater Morvane wartete und sich fragte, ob er dieses Jahr ein Geschenk mitbringen würde.

Morvane war ein unglaublich fleißiger Fischer, und er versäumte es nie, für ihre Familie zu sorgen, aber die Unsicherheit des Meeres bedeutete manchmal leere Hände. Nerissa hatte diese Situation schon einmal gesehen, und sie wusste, dass ihr Mann in den Augen seines Sohnes enttäuscht sein würde, wenn er ohne etwas zu bieten zurückkehrte.

Als die Boote näher kamen und ihre bunten Flaggen in der salzigen Brise flatterten, raste Nerissas Herz vor Vorfreude und Beklommenheit. Sie wusste, dass Morvane ein Mann seines Wortes war, und er hatte Bubba eine besondere Überraschung zu seinem Geburtstag versprochen. Aber das Meer war unberechenbar, und der Fang war nie garantiert.

Mit einem tiefen Atemzug umklammerte Nerissa die Hand ihres Sohnes und flüsterte: "Bubba, egal was dein Vater zurückbringt, denk daran, dass er dich mehr liebt als die Schätze des Ozeans."

Bubba nickte, seine Augen verließen nie die Boote, eine Mischung aus Aufregung und Sorge in seinem Blick. Nerissa hoffte, dass Morvanes Rückkehr nicht nur Fisch, sondern auch die Freude und Liebe bringen würde, die Bubbas Geburtstag zu etwas ganz Besonderem machen würde.

Als die Boote schließlich das Ufer erreichten und die Dorfbewohner eilten, um beim Fang zu helfen, hielten Nerissa und Bubba den Atem an und warteten auf den vertrauten Anblick von Morvane. Die folgenden Momente würden nicht nur den Fang des Tages offenbaren, sondern auch die Tiefe der Liebe und des Verständnisses innerhalb ihrer Familie.

Morvanes Herz war leicht, als er an das Ufer trat, einen großen Korb mit glänzenden Fischen trug und sein Gesicht mit einem breiten, jubelnden Lächeln geschmückt war. Der Tag war großzügig gewesen, und er konnte es kaum erwarten, seine Freude mit seiner Familie zu teilen.

Nachdem die Seile des Bootes gesichert und die Fische sicher gelagert waren, verschwendete Morvane keinen Moment. Er rannte auf Nerissa und Bubba zu, die mit angehaltenem Atem warteten. Die Dorfbewohner bemerkten seine Eile und beobachteten neugierig, wie Morvane sich seiner Familie näherte.

Nerissas Augen trafen sich mit denen ihres Mannes, und sie sah die Erheiterung in seinem Blick. Bubbas Gesicht leuchtete vor Vorfreude, als er sah, wie sein Vater auf sie zueilte und das Versprechen einer besonderen Überraschung zu seinem Geburtstag trug.

Morvane kniete vor seinem Sohn nieder, der Korb mit den Fischen neben ihm, und flüsterte: „Bubba, du hast lange genug auf diesen Tag gewartet. Ich habe vielleicht keinen Kuchen, aber ich habe etwas noch Besseres."

Damit griff er in den Korb und zog einen wunderschön gearbeiteten, im Sonnenlicht glitzernden Fischköder aus Holz heraus. Es wurde geschnitzt, um einem Fisch zu ähneln, aufwendig detailliert und mit leuchtenden Farben bemalt.

Bubbas Augen weiteten sich vor Erstaunen, als er das Geschenk in seine Hände nahm, ein Gefühl des Staunens überkam ihn. "Es ist perfekt, Vater! Vielen Dank!"

Nerissa beobachtete ihren Mann und ihren Sohn, ihr Herz erwärmte sich nicht nur durch das nachdenkliche Geschenk, sondern auch durch die

Liebe und den Stolz, den sie in Morvanes Augen sah. Es war ein Tag der Feierlichkeiten, nicht nur für Bubbas Geburtstag, sondern auch für die engen Bindungen, die ihre Familie zusammenhielten. Die Dorfbewohner, die diesen berührenden Moment miterlebten, konnten nicht anders, als zu lächeln. Sie verstanden, dass Morvane zwar Fische aus dem Meer gebracht haben mag, die wahren Schätze aber die Liebe und Einheit waren, die Bubba und seine Familie an diesem schönen Tag am Ufer umgaben.

Als die Nacht über ihr bescheidenes Zuhause hereinbrach, saßen Nerissa und Morvane zusammen, ihre Stimmen verstummten im schwachen Kerzenlicht. Bubba, neugierig, aber unauffällig, lag in seinem Bett und konnte nicht widerstehen, das Gespräch seiner Eltern zu belauschen.

Morvanes Gesicht trug einen Schatten der Traurigkeit, als er sprach: „Nerissa, der heutige Fang war besser als die meisten, aber er war kaum genug, um die Miete für diesen Ort zu bezahlen. Das Meer bietet, aber es verlangt auch."

Nerissas Augen funkelten vor Verständnis und Besorgnis. "Wir haben es immer geschafft, meine Liebe. Wir haben einander, und das ist es, was am wichtigsten ist. Aber ich kann nicht anders, als mir Sorgen um die Erwartungen unseres Bubba zu machen. Er wächst, und er sieht, was andere Kinder haben."

Morvane seufzte, eine schwere Last lastete auf seinen Schultern. "Ich wollte seinen Geburtstag zu etwas

Besonderem machen, um ihm etwas mehr zu geben, als wir normalerweise können. Dieses Geschenk, das ich heute überreicht habe... Ich hatte nicht wirklich genug Geld dafür. Ich musste es so aussehen lassen, als hätte ich mehr verdient."

Bubba, der das Geständnis seines Vaters hörte, fühlte eine Mischung aus Emotionen. Er schätzte den schönen Fischköder, aber er verstand auch die Opfer, die seine Eltern brachten, um seinen Tag zu etwas Besonderem zu machen. Schweigend schwor er, ihre Liebe noch mehr zu schätzen.

Nerissa streckte die Hand aus und hielt Morvanes Hand, ein zartes Lächeln auf ihrem Gesicht. "Es ist nicht der Wert des Geschenks, das zählt, meine Liebe. Was zählt, ist die Liebe dahinter. Bubba weiß, dass du ihn liebst, und das ist das größte Geschenk von allen."

In seinem Bett schloss Bubba die Augen, dankbar für die Familie, die er hatte, und die Liebe, die sie miteinander verband. In dieser Nacht schlief er mit einem verständnisvollen Herzen und einer tiefen Wertschätzung für die Opfer ein, die seine Eltern für ihn gebracht hatten.

"DAS VERSPRECHEN EINES SOHNES"

Die Sonne hatte gerade ihren Aufstieg begonnen, als Bubba am nächsten Morgen erwachte. Er rutschte leise aus seinem Bett, entschlossen, etwas zu bewirken. Er wollte nicht, dass sein Vater das Gewicht der Hoffnungen und Träume ihrer Familie allein trug.

Er ging auf Zehenspitzen in die Küche, wo Nerissa bereits das Frühstück zubereitete. Bubba näherte sich seiner Mutter und flüsterte: „Ich möchte Vater, Mutter helfen. Ich möchte ein Teil seines Kampfes sein."

Nerissa lächelte, berührt vom Ernst ihres Sohnes. "Du bist schon eine große Quelle der Freude, Bubba. Aber wie möchten Sie helfen?"

Bubbas Augen leuchteten mit Entschlossenheit. „Ich kann die Netze flicken und bei anderen Aufgaben helfen. Ich möchte Vaters Last erleichtern, damit er nicht so tun muss, als hätten wir mehr als wir."

Nerissa umarmte ihren Sohn, ihr Herz war voller Stolz. „Dein Vater wird deine Hilfe zu schätzen wissen, meine Liebe. Wir werden als Familie zusammenarbeiten und uns gemeinsam den Herausforderungen stellen, die auf uns zukommen."

Die Bühne war für Bubbas Engagement für das Wohlergehen seiner Familie bereitet. Mit dem Anbruch eines neuen Tages begab er sich auf eine Reise gemeinsamer Kämpfe und Triumphe, bereit, an der Seite seines Vaters in ihrem Leben an der Küste zu stehen, wo jeder Sonnenaufgang neue Hoffnung und neue Möglichkeiten brachte.

Morvane, der sich der finanziellen Belastungen seiner Familie bewusst war, beschloss, das Beste aus den zwei Tagen zu machen, an denen er nicht auf See war. Er ging zur nächsten Bootsgarage, einem Ort, den er kannte, und bot seine Dienste als Mechaniker an. Der Garagenbesitzer begrüßte seine Hilfe und wusste, dass Morvanes Fähigkeiten von unschätzbarem Wert waren.

Als Morvane fleißig an einem Bootsmotor arbeitete, betrat ein Mann von beträchtlichem Reichtum und Einfluss die Garage. Er war tadellos gekleidet, und sein Verhalten strahlte Autorität aus. Der Garagenbesitzer, der immer vorsichtig mit seinem Ruf war, begrüßte den wohlhabenden Mann mit Respekt.

Der reiche Mann hatte jedoch einen eigenen Ruf – als jemand, der rücksichtslos Macht ausübte. Er zeigte auf ein Boot, das kürzlich gewartet worden war, und behauptete, dass die Reparatur nicht seinen hohen Standards entsprochen habe. Er verlangte eine vollständige Rückerstattung und drohte, seinen Einfluss geltend zu machen, um dem Geschäft des Garagenbesitzers zu schaden.

Der Garagenbesitzer, der zwischen der Aufrechterhaltung seines Rufs und der Vermeidung des Zorns des wohlhabenden Mannes hin- und hergerissen war, zögerte. Morvane, der den beheizten Austausch mitgehört hatte, spürte ein Gefühl der Ungerechtigkeit. Er wusste, dass der Garagenbesitzer einen ausgezeichneten Service geboten hatte, und es war nicht fair, dass er gezwungen wurde, eine Rückerstattung zu leisten.

Mit Entschlossenheit ging Morvane auf den Garagenbesitzer zu und sagte: „Ich stehe zu der Arbeit, die wir hier geleistet haben. Es ist von höchster Qualität, und die Forderungen dieses Mannes sind ungerecht. Lassen Sie mich in Ihrem Namen sprechen."

Der Garagenbesitzer, dankbar für Morvanes Unterstützung, nickte zustimmend, Morvane wandte sich dann an den wohlhabenden Mann und erklärte ruhig, aber fest, dass die Arbeit an dem Boot in der Tat erstklassig war. Er wies darauf hin, dass die Probleme, die der Mann vorbrachte, geringfügig waren und nichts mit dem Service der Garage zu tun hatten.

Der wohlhabende Mann, der es nicht gewohnt war, herausgefordert zu werden, war von Morvanes unerschütterlicher Haltung überrascht. Nach einem angespannten Moment stimmte er widerwillig zu, für den Dienst zu bezahlen, und erkannte, dass seine Versuche, die Situation zu manipulieren, gescheitert waren.

Als der wohlhabende Mann die Garage verließ, erlangten Morvanes Handlungen die Bewunderung und den Respekt des Garagenbesitzers, seiner Kollegen und der Kunden, die die Konfrontation miterlebt hatten. Sie sahen in Morvane einen Mann von Integrität und Mut, jemanden, der sich auch angesichts von Widrigkeiten für das einsetzte, was richtig war.

Für Morvane war es ein Moment der Bestätigung. Seine Handlungen an diesem Tag waren nicht nur ein Beweis für seinen Charakter, sondern auch ein Versprechen an sich selbst, dass er alles tun würde, um seine Familie ehrlich und mit Würde zu versorgen.

Nachdem Morvane sich gegen den wohlhabenden Mann gestellt hatte, konnte Bubba nicht anders, als sich von den unerschütterlichen Prinzipien seines Vaters und seiner Bereitschaft zum Handeln inspirieren zu lassen. Als Bubba seinem Vater zusah, wie er als Mechaniker in der Bootsgarage arbeitete, begann er die wahre Bedeutung von Integrität und die Wichtigkeit, das Richtige zu tun, zu verstehen.

Mit Blick auf den Unterricht seines Vaters entschied Bubba, dass er auch zum Wohlergehen der Familie beitragen wollte. Er sah eine Gelegenheit, als er bemerkte, dass das Boot eines reichen Mannes am Hafen anlegte. Ohne zu zögern wandte er sich an den Bootsbesitzer und erkundigte sich nach der Möglichkeit, als Teil der Besatzung zu arbeiten.

Der reiche Mann, beeindruckt von Bubbas Entschlossenheit und aufrichtiger Haltung, bot ihm eine Chance. Bubba war begeistert, sich einen Job gesichert zu haben, und er versprach sich, genau wie sein Vater fleißig daran zu arbeiten, diese Gelegenheit optimal zu nutzen.

Bubba hatte an diesem Tag eine wichtige Lektion gelernt – die Diskrepanz zwischen "tun wollen" und "ich tat" läuft oft auf eine einzige Handlung hinaus, die ohne Verzögerung oder Aufschub durchgeführt wurde. Mit diesem neuen Verständnis und den Werten seines Vaters als Richtschnur war er bereit, die Herausforderungen und Belohnungen seiner eigenen Reise an der Küste anzunehmen, wo jeder Moment das Versprechen des Wachstums und die Chance brachte, etwas zu bewirken.

Bubbas Entschlossenheit, zum Wohlergehen seiner Familie beizutragen, hatte ihn dazu veranlasst, die Gelegenheit zu nutzen, auf dem Boot des reichen Mannes zu arbeiten. Allerdings war er noch jung und unerfahren, und er hatte noch viel über das Leben eines Fischers zu lernen.

An dem Tag, an dem er beginnen sollte, kam Bubba vor Sonnenaufgang am Hafen an, um sich zu beweisen. Das Boot war größer und imposanter als er erwartet hatte, seine Holzkonstruktion ragte über ihn. Als er auf das Deck trat, zeichnete sich die Realität des offenen Meeres gewaltig und entmutigend ab.

Ohne dass Bubba es wusste, war das Boot, das er bestiegen hatte, für eine ausgedehnte Angeltour bestimmt, die weit über die vertrauten Ufer seines Dorfes hinausging. Das Schiff des reichen Mannes war bekannt für seine ehrgeizigen Reisen, die größere Fänge in unbekannten Gewässern suchten. Die Crew, meist erfahrene Fischer, warf Bubba neugierige Blicke zu. Sie konnten die Entschlossenheit in seinen Augen sehen, aber sie erkannten auch, dass er unerfahren war und sich der bevorstehenden Herausforderungen nicht bewusst war. Bubbas Unschuld und Begeisterung berührten ihre Herzen, und sie beschlossen, ihn unter ihre Fittiche zu nehmen.

Als das Boot weiter von der Küste entfernt segelte, wurde das Meer rauer und die Weite des Ozeans erstreckte sich in alle Richtungen. Bubba, der anfänglich von dem Abenteuer begeistert war, erkannte bald das Ausmaß der Reise. Er beobachtete, wie die erfahrenen Fischer ihre Netze auswarfen und unermüdlich unter der unversöhnlichen Sonne arbeiteten.

Tage wurden zu Wochen, und Bubbas Entschlossenheit wurde auf die Probe gestellt. Die körperlichen Anforderungen des Jobs, die unerbittliche Sonne und die sich ständig ändernden Stimmungen des Meeres forderten ihren Tribut. Er vermisste seine Familie und die Sicherheit des vertrauten Dorfes, in dem er aufgewachsen war.

Aber als die Reise weiter ging, vertiefte sich Bubbas Respekt vor dem Meer und den Fischern. Er lernte die Bedeutung von Teamarbeit, die Kunst des Auswerfens und Einholens von Netzen und die

Rhythmen des Ozeans kennen. Er erkannte auch die unschätzbaren Lektionen, die sein Vater ihm über Integrität beigebracht hatte.

Bubbas Abenteuer hatte ihn weit vom Dorf entfernt, aber es hatte ihn auch dem Verständnis der Kämpfe seines Vaters und der Bedeutung der Einheit der Familie näher gebracht. Mit jedem Tag auf See wurde er stärker und weiser, und er schwor stillschweigend, zu seiner Familie mit einer neu entdeckten Wertschätzung für das Leben, das sie führten, und die Opfer, die sein Vater brachte, zurückzukehren.

Bubba ahnte nicht, dass diese unvorhergesehene Reise nicht nur die Schätze des Meeres enthüllen würde, sondern auch ein tieferes Verständnis von Bubba und den dauerhaften Bindungen, die ihn mit seiner Familie verbanden.

Bubbas anfänglicher Glaube, dass das Boot bald in sein Dorf zurückkehren würde, hatte es ihm ermöglicht, die neuen Erfahrungen an Bord mit Begeisterung anzunehmen. Er hatte mit den erfahrenen Fischern zusammengearbeitet, um sich zu beweisen, und hatte tiefe Freundschaften mit der Besatzung geschlossen. Das Meer war seine Schule des Lernens geworden, und das Boot seine zweite Heimat.

Als die Tage jedoch zu Wochen wurden und die Küste nichts weiter als eine ferne Erinnerung blieb, begann die beunruhigende Realität auf Bubba zu dämmern. Dies war kein kurzes Abenteuer; es war eine ausgedehnte Reise, die ihn von seiner Familie und seinem geliebten Dorf fernhalten würde.

Eines Abends, als die Sonne unter den Horizont fiel, stand Bubba allein auf dem Deck. Er blickte auf den grenzenlosen Ozean, dessen Tiefen in die verblassende Dämmerung gehüllt waren. Die tröstliche Routine seines früheren Lebens war durch ein überwältigendes Gefühl der Isolation ersetzt worden.

Schock und Angst durchströmten ihn, als er das volle Ausmaß seiner misslichen Lage erkannte. Er trieb in einer weiten Meeresfläche, weit weg von den vertrauten Sehenswürdigkeiten und Geräuschen seiner Heimat. Er vermisste seine Familie schrecklich und sehnte sich nach der Sicherheit des Dorfes, in dem er aufgewachsen war.

Seine neu gefundenen Freunde unter der Crew bemerkten seinen Rückzug und seine Besorgnis. Sie näherten sich ihm, ihre Gesichter spiegelten Empathie und Verständnis wider. Sie erklärten, dass die Reise in der Tat lang und herausfordernd war, ein Streben nach größeren Fängen in unbekannten Gewässern. Während sie mit seinem Wunsch, nach Hause zurückzukehren, sympathisierten, ermutigten sie ihn, die Reise und ihre wertvollen Erfahrungen anzunehmen.

Bubba war hin- und hergerissen zwischen seiner Loyalität zu seiner Familie und seinem Engagement für seine Rolle auf dem Boot und kämpfte mit der Komplexität seiner Situation. Die Weisheit der

Lektionen seines Vaters hallte in seinem Kopf wider und führte ihn dazu, Herausforderungen mit Mut und Integrität zu begegnen.

Als das Boot seine Reise in unbekanntes Territorium fortsetzte, hatte Bubbas Reise der Selbstfindung gerade erst begonnen. Der Junge, der einst am Dorfufer zufrieden gewesen war, navigierte nun durch die unerforschten Gewässer des Meeres, eine unerwartete Odyssee, die ihn verwandeln und seine Wertschätzung für die dauerhaften Bindungen, die ihn mit seiner Familie verbanden, vertiefen würde.

Jede Nacht, als sich Bubba auf dem Fischerboot in seiner provisorischen Koje niederließ, trugen ihn seine Gedanken und Träume weit über das knarrende Holzdeck und die rhythmische Ebbe und Flut der Meereswellen hinaus. Während das Boot sanft schaukelte, begann seine Fantasie ihre eigenen Abenteuer. Im Reich der Träume wurde Bubba zu einem unerschrockenen Entdecker, dessen Geist von den Grenzen des Bootes befreit war. Er wagte sich tief in das Herz des Ozeans und entdeckte verborgene Schätze, lange verlorene Schiffswracks und bezaubernde Unterwasserwelten. Die Schätze, die in den Tiefen glänzten, waren nicht nur kostbare Edelsteine und goldene Artefakte, sondern auch die Geschichten und Geheimnisse des Meeres.

Eines Nachts träumte er von einer mystischen Unterwasserhöhle, die mit strahlenden Korallen geschmückt war, deren Wände mit Geschichten über alte Reisen geschmückt waren. Das lebendige

Meeresleben tanzte um ihn herum und enthüllte die Geheimnisse der tiefen, flüsternden Geschichten von Meerjungfrauen und legendären Seeungeheuern.

In einem anderen Traum befand sich Bubba auf einer tropischen Insel, der weiche Sand unter seinen Füßen und der Duft exotischer Früchte lagen in der Luft. Er erkundete üppige Dschungel und entdeckte verborgene Schatztruhen, die Karten enthielten, die zu noch weiter entfernten Horizonten führten.

Mit jedem Traum schwoll Bubbas Herz vor Abenteuerlust an. Er wachte jeden Morgen auf, kurz orientierungslos durch die Realität der beengten Quartiere des Bootes, und erinnerte sich dann an die

wunder der Nacht zuvor.

Seine Mitbesatzungsmitglieder beobachteten seine nächtlichen Eskapaden und sahen in Bubbas Träumen den gleichen Funken, der sie inspiriert hatte, als er zum ersten Mal an Bord des Bootes ging. Sie erkannten, dass er ein einzigartiges Geschenk trug - eine ungezügelte Fantasie, die die Monotonie des Meeres in eine Welt endloser Wunder verwandeln konnte.

Als die Tage zu Wochen wurden und das Boot weiter in unerforschte Gewässer fuhr, dienten Bubbas Träume als Quelle der Inspiration und des Trostes. Sie erinnerten ihn daran, dass Abenteuer nicht nur in fernen Horizonten, sondern auch in den grenzenlosen Grenzen seines eigenen Geistes zu finden waren. Seine Träume waren seine Flucht, seine Zuflucht und sein Versprechen, dass, egal wie weit er streifte, seine Phantasie immer der Kompass sein würde, der ihn zurück zu den Schätzen des Herzens führen würde.

Die Nacht war dunkel, und der Sturm war mit unerwarteter Grausamkeit über das Meer hinweggefegt. Das Fischerboot, einst ein robustes Schiff, das durch die Wellen fuhr, war zu einem zerbrechlichen Spielzeug des Sturms geworden. Der Wind heulte, der Regen peitschte wie Peitschen, und das Meer tobte mit unkontrollierbarer Wut.

Inmitten des Chaos wurde das Fischerboot wie ein Blatt auf dem Wasser herumgeworfen. Bubba, der immer noch in seiner Koje von Unterwasserabenteuern und Schätzen träumte, wurde durch das Unglück wachgerüttelt. Panik ergriff sein Herz, als er die schrecklichen Umstände erkannte.

Im schwachen Licht des Sturms konnte er den Schrecken auf den Gesichtern der Besatzungsmitglieder sehen, die verzweifelt darum kämpften, die Kontrolle über das Boot zurückzugewinnen. Aber es war ein Kampf, den sie nicht gegen den Zorn der Elemente gewinnen konnten.

Mit einem ohrenbetäubenden Absturz traf das Boot ein verstecktes Riff, das eine der kleinen Inseln umgab. Der Aufprall war verheerend und riss das Schiff auseinander. Innerhalb von Augenblicken wurde es zusammen mit seiner Besatzung von der aufgewühlten See verschluckt. Der Sturm war gnadenlos, und das Meer bot keinen Beweis für ihre Existenz, außer für die tosenden Wellen.

In dem Chaos und der Dunkelheit klammerte sich Bubba an ein Trümmerteil, ein kleines Holzboot, das sich von den Trümmern befreit hatte. Bewusstlos und zerschlagen trieb er auf dem turbulenten Meer dahin, ein einsamer Überlebender nach der Wut der Natur.

Es vergingen Stunden, bis Bubba schließlich das Bewusstsein wiedererlangte, sein Körper gequetscht und zerschlagen, sein Geist desorientiert. Als er nach dem Sturm zu der unheimlichen Ruhe erwachte, erkannte er, dass er in einer unbekannten Meeresfläche trieb, umgeben von nichts als der Weite des Wassers.

Sein Herz war voller Trauer um die Besatzung, die seine Freunde geworden waren, und er klammerte sich an die Überreste des Bootes und fragte sich, wie er der einzige Überlebende dieser maritimen Tragödie geworden war. Er spürte das Gewicht der Einsamkeit, einen einsamen Fleck in einem grenzenlosen Meer.

Da sein Dorf weit von seiner Reichweite entfernt war, hatte Bubbas Reise eine verheerende Wendung genommen und ihn in ein neues Kapitel seines Lebens gestoßen, das mit Unsicherheit und einem unbekannten Weg gefüllt war. Als das erste Licht der Morgendämmerung über den Horizont hereinbrach, wusste er, dass die kommenden Tage ein Test für seine Belastbarkeit und ein Beweis für die dauerhaften Bindungen sein würden, die ihn mit seiner Familie verbanden, selbst angesichts unvorstellbarer Herausforderungen.

Bubba, jetzt bekannt als Hybris, stand am Scheideweg einer entscheidenden Entscheidung. Er hatte von der größeren Mission von Black Dots erfahren, einer Mission, die über die Grenzen seiner früheren Welt hinausging. Die Erkenntnis, dass das Schicksal der Menschheit am seidenen Faden hing, lastete schwer auf seinen Schultern.

Als Hybris seine ehemaligen Kollegen ansah, die gekommen waren, um ihn zurück zum Schiff zu locken, verstand er die Schwerkraft seiner Wahl. Er wusste, dass die Rückkehr zum Schiff bedeuten würde, unter der repressiven Herrschaft von Scorch zu leben, ein Leben ohne wirkliche Freiheit und die ständige Manipulation ihrer Gedanken und Handlungen.

Im Gegensatz dazu stellte der von Eoan, Ken und Broad angebotene Weg einen Hoffnungsschimmer dar. Es war eine Chance, ihre Unabhängigkeit wiederzuerlangen und ihr Leben aus den Fängen der Tyrannei zurückzuholen. Hybris glaubte an ihre Sache, und er wusste, dass die Unterstützung von Eoans Mission der einzige Weg war, sich von den Ketten zu befreien, die sie alle banden.

Mit Entschlossenheit, die in seinen Augen brannte, lehnte Hybris das Angebot seiner Kollegen entschieden ab. Er konnte die Illusion falscher Versprechen und die Fassade der Sicherheit, die sie präsentierten, durchschauen. Stattdessen wählte er den Weg der Wahrheit, der Belastbarkeit und des Strebens nach einer besseren Welt.

Als Hybris den ersten Schritt auf dieser neuen Reise machte, verstand er auch, dass er nicht allein war. Seine Entscheidung, zu Eoan und den Black Dots zu stehen, würde ihn mit einer Gruppe von Personen verbinden, die seinen Wunsch nach Freiheit, Gleichheit und einer besseren Zukunft teilten. Gemeinsam würden sie danach streben, eine Veränderung herbeizuführen, die sich nicht nur auf ihr Leben, sondern auch auf das Schicksal der Menschheit selbst auswirken würde.

Und so nahm Hybris mit unerschütterlicher Entschlossenheit die Mission an, die vor ihm lag. Er war bereit, sich den Herausforderungen zu stellen, die Geheimnisse aufzudecken und sich gegen die unterdrückerischen Kräfte zu stellen, die versuchten, ihre Welt zu kontrollieren. In diesem Moment wurde er mehr als nur Hybris; er wurde zu einem wichtigen Teil der Reise, die das Schicksal von Black Dots und die Zukunft aller Lebewesen bestimmen würde.

Reader Disclaimer: Bubbas Verwandlung in Hybris verstehen

Um Bubbas Verwandlung in Hybris und die tiefgreifende Reise, die folgt, vollständig zu erfassen, werden die Leser ermutigt, die Seiten des Buches "Black Dots" zu erkunden. Diese vorherige Erzählung liefert die wesentliche Hintergrundgeschichte, den Kontext und die entscheidenden Momente, die Hybris 'Charakter und seine Beteiligung an der Black-Dots-Mission prägen.

"Black Dots" enthüllt die Umstände, die Bubba dazu veranlassten, zu Hybris zu werden, die Herausforderungen, denen er gegenüberstand, und die Entscheidungen, die er traf, die ihn letztendlich mit Eoan, Ken, Broad und der größeren Mission, Freiheit und Gleichheit zurückzugewinnen, verbanden.

Indem Sie in die Welt von "Black Dots" eintauchen, erhalten Sie ein tieferes Verständnis für die Motivationen von Hyris, sein Engagement für die Sache und die sich entwickelnde Erzählung, die in den folgenden Kapiteln fortgesetzt wird. Dieser Viewer-Haftungsausschluss stellt sicher, dass Sie sich mit der Grundlage und den Erkenntnissen auf Bubbas Reise begeben, die erforderlich sind, um den von ihm gewählten Weg und die bevorstehenden Abenteuer voll und ganz zu würdigen.

Broad wies alle an, vor den Steckplätzen auf dem riesigen Computer zu stehen. Es war eine komplexe Maschine mit fünf Steckplätzen, die jeweils mit einer eigenen Tastatur ausgestattet waren. Als sich die fünfköpfige Gruppe dem Computer näherte, stellte sich eine neue Herausforderung – sie mussten ein Passwort eingeben. Broad grübelte über die Situation nach und suchte verzweifelt nach der richtigen Kombination. Anspannung erfüllte den Raum, und selbst er wirkte unsicher.

Während die Uhr tickte, schlug Rithi vor: „Mach dir keine Sorgen, Broad. Lasst uns zu Gott um Führung beten." Der Raum verfiel in einen Moment der stillen Kontemplation, als sie gemeinsam nach göttlichem Eingreifen suchten.

Der Computer erkannte jedes Mitglied einzeln und sammelte seine einzigartigen Informationen. Als jedoch alle fünf Punkte ihre jeweiligen Slots belegten, wurden sie zu einer weiteren Herausforderung aufgefordert – das Passwort in der richtigen Reihenfolge neu anzuordnen. Dies war das entscheidende Passwort Zwei.

Nur noch eine Minute, dann setzt Panik ein. Das Team grübelte verzweifelt über die Anordnung nach und bemühte sich, die richtige Reihenfolge zu entschlüsseln. Broad und Ken waren nervös und wussten, dass die Zeit verging

raus.

In einer kurzfristigen Enthüllung, die nur noch 20 Sekunden dauerte, sah Broad die Lösung. Er ordnete schnell jede der fünf Personen ihren zugewiesenen Slots zu. Eoan stand im ersten Slot, Aplade im zweiten, Rithi im dritten, Tyro im vierten und schließlich Hybris im fünften und letzten Slot. Der Computer begann zu reagieren, Lichter blinkten und emittierten Gas, das den Bereich umhüllte und ihre Sicht verdeckte.

Dann schaltete sich der Computer mit einem ohrenbetäubenden Geräusch aus und ein leuchtend grünes Licht beleuchtete den Raum. Verwirrung herrschte, als das Team Schwierigkeiten hatte, die Situation zu verstehen. In diesem Moment meldete sich Ken zu Wort, seine Stimme zitterte vor Aufregung: „Wir haben es geschafft! Herzlichen Glückwunsch an alle. Unsere Mission ist erfüllt!" Die Bedeutung ihrer Leistung begann zu sinken, und ein Gefühl der Erfüllung überkam sie.

Hybris erkannte jedoch, dass sich sein Weg von dem der Black Dots unterschied. Er musste sie verlassen, um seine eigene Reise fortzusetzen. Die Black Dots, die sich jetzt der Wahrheit bewusst und schweren Herzens waren, fühlten sich gezwungen, ihm einen herzlichen Abschied zu geben. Als er ging, sahen sie zu, wie er am Horizont verschwand und wünschten ihm alles Gute für seinen neu gefundenen Zweck. Die nächsten Kapitel ihrer Geschichte würden ohne ihn weitergehen, aber die Auswirkungen seiner Anwesenheit würden für immer in ihren Herzen bleiben.

Bubba, wieder einmal ein siebenjähriger Junge, stand unter seinen Freunden, als sie sich von Hybris verabschiedeten, der bemerkenswerten Person, die sich ihnen während ihrer kritischsten Mission angeschlossen hatte. Die Weisheit des Alters hatte ihn in einen fünfundzwanzigjährigen Mann verwandelt, aber jetzt war er aufgrund des Bisses des Insekts in seine ursprüngliche Form zurückgekehrt. Doch die Erfahrungen, die er gesammelt hatte, und die

Verbindungen, die er geschmiedet hatte, würden bei ihm bleiben.

Die Black Dots, die immer noch die Bedeutung ihrer Leistung verarbeiteten, richteten ihre Aufmerksamkeit auf die Reise, die vor ihnen lag. Die nächsten Kapitel von Bubbas Geschichte sind im Begriff, sich zu entfalten, und er ist bereit, sich allen Herausforderungen und Abenteuern zu stellen, die ihn erwarten.

"DAS GEHEIMNIS DES STEINFISCHS"

Bubba betrat den antiken Tempel, der dem Meeresgott gewidmet war. Seine Steinmauern trugen die Spuren unzähliger Jahre, und der Duft von Salzwasser klammerte sich an die Luft und rief ein Gefühl der Ehrfurcht hervor. Er blickte auf den zentralen Altar, der als Zeugnis für den Glauben der Fischer stand, die sich in das unversöhnliche Meer wagten. In seinem Herzen lag ein majestätisches Idol des Meeresgottes, eine hoch aufragende Figur, die aus feinsten Korallen geschnitzt war.

Als Bubba sich näherte, wurden seine Augen auf die Basis des Altars gelenkt, wo im Laufe der Jahre Opfergaben von frommen Fischern dargebracht worden waren. Unter den Muscheln, Weihrauch und Marken befand sich ein kleiner, kunstvoll geschnitzter Steinfisch, ein kostbares Geschenk seines Vaters Morvane, bevor Bubba unerwartet auf das Boot des reichen Mannes aufbrach.

Bubba spürte einen Ansturm von Emotionen, seine Augen füllten sich mit Tränen, als er den Steinfisch aufhob. Es war ein Symbol für die Liebe seines Vaters, eine Erinnerung daran, dass es trotz ihrer Nöte immer eine Verbindung zwischen ihnen gab, so tief wie der Ozean selbst. Er umklammerte den Stein fest und gelobte, zu seiner Familie zurückzukehren und seinen nächsten Geburtstag zusammen mit dem Geschenk des geschnitzten Fisches in beiden Händen zu feiern.

In der ruhigen Atmosphäre des Tempels erschien ein seltsames Insekt. Es war anders als alle, die Bubba je gesehen hatte, mit schillernden Flügeln und einem schimmernden, durchscheinenden Körper. Das Insekt landete sanft auf dem Altar und seine facettenreichen Augen blickten mit einer jenseitigen Intelligenz auf Bubba.

Fasziniert von der Anwesenheit des Insekts streckte Bubba einen Finger aus und ließ die zarte Kreatur darauf sitzen. Er staunte über seine Schönheit und fragte sich, ob es im Tempel eine Bedeutung hatte. Als das Insekt über seine Handfläche kroch, spürte er einen subtilen Stich, gefolgt von einem seltsamen Gefühl, das über ihn hinwegfegte.

Ohne dass Bubba es wusste, besaß dieses scheinbar gewöhnliche Insekt außergewöhnliche Kräfte, und sein Biss hatte eine außergewöhnliche Transformation ausgelöst, die Wellen über das Gewebe von Zeit und Raum schickte und ihn zu einem Schicksal führte, das mit den Geheimnissen des Meeres, dem Vermächtnis seiner Familie und der anhaltenden Reise der Schwarzen Punkte verflochten war.

Morvane hatte gerade seinen anstrengenden Tag an den Docks beendet und war von einer langen und anspruchsvollen Reise auf See zurückgekehrt. Seine gefühllosen Hände und sein verwittertes Gesicht bezeugten die Strapazen, die er als Fischer ertrug, aber sein Herz war so warm wie eh und je. An diesem besonderen Abend konzentrierten sich seine Gedanken auf das Versprechen, das er seinem Sohn Bubba gegeben hatte, ein Versprechen, das er dieses Mal einhalten wollte.

Als er auf das bescheidene, vom Wetter geschlagene Ferienhaus zuging, das er sein Zuhause nannte, spürte Morvane, wie in ihm ein Gefühl der Vorfreude aufstieg. Bubba hatte nach seinem bevorstehenden Geburtstag gefragt, und Morvane wollte es zu einem unvergesslichen Tag machen. Ein Kuchen, egal wie einfach, und vielleicht ein kleines Geschenk, würde die Freude am Feiern in das Leben seines Sohnes bringen.

Als Morvane das Ferienhaus erreichte, öffnete er die knarrende Holztür und enthüllte das gemütliche Interieur. Das flackernde Kerzenlicht wirft einen warmen und einladenden Schein. Nerissa, seine Frau, war damit beschäftigt, ihr bescheidenes Abendessen vorzubereiten, wobei ihre Augen die Sorgen widerspiegelten, die sich aufgrund ihrer finanziellen Schwierigkeiten auf ihr Leben niedergeschlagen hatten.

Morvane näherte sich ihr und sein Gesicht brach in ein müdes, aber liebevolles Lächeln aus. "Nerissa", begann er, "ich habe über Bubbas Geburtstag nachgedacht, weißt du? Es ist morgen, und ich habe ihm ein Versprechen gegeben."

Nerissa wandte sich von ihren Aufgaben ab, ihre Augen trafen sich mit denen ihres Mannes. Sie verstand das Versprechen, auf das sich Morvane bezog, und die Unmöglichkeit, es unter ihren aktuellen Umständen zu erfüllen. "Morvane, du weißt, wie sehr ich Bubbas Geburtstag zu etwas Besonderem machen möchte, aber wir haben kaum genug, um über die Runden zu kommen. Unsere finanzielle Situation..."

Morvane nickte und kannte die Wahrheit ihrer Worte nur zu gut. Ihr Leben war ein ständiger Kampf, mit kaum genug Geld, um das Wesentliche zu decken. Jeder Tag war ein Kampf gegen das unversöhnliche Meer, und jede Nacht war von Unsicherheit geprägt. "Ich weiß, Nerissa", antwortete Morvane, seine Stimme war resigniert. "Ich wünschte nur, ich könnte unserem Jungen den Geburtstag geben, den er verdient. Er hat andere Kinder ihre besonderen Tage feiern sehen, und ich habe ihn immer wieder enttäuscht."

Nerissa streckte die Hand aus und nahm die Hände ihres Mannes, ihre Augen füllten sich mit Empathie und Liebe. "Morvane, du bist ein guter Vater. Bubba weiß das. Er wird verstehen, dass wir uns in diesem Jahr, wie auch in den anderen, keine große Feier leisten können."

Morvanes Blick wandte sich dem grob behauenen Tisch zu und er seufzte. "Ich wünschte nur, ich könnte etwas tun, um ihm ein Lächeln ins Gesicht zu zaubern."

Morvane wusste nicht, dass sein Wunsch eine Kette von Ereignissen in Gang setzen würde, die den

Verlauf ihres Lebens für immer verändern würden. Als die Nacht das kleine Häuschen umhüllte und die Kerzen weiter flackerten, vermischte sich die Hoffnung mit der Unsicherheit und warf lange Schatten auf ihre bevorstehende Reise.

Dieses Jahr war etwas anderes, denn kurz bevor Morvane zu einer Reise aufbrach, besuchte er einen alten Tempel, der sich zwischen den zerklüfteten Klippen am Meer befand. Dieser Tempel, der angeblich Jahrhunderte alt war, enthielt eine Aura der Mystik, die ihn fasziniert hatte. Es war dem Meeresgott gewidmet, von dem angenommen wurde, dass er der Hüter der Fischer und Seeleute war, und es war ein Ort, an dem viele kamen, um auf ihren Seereisen Segen und Sicherheit zu suchen.

Im Inneren des Tempels hatte Morvane eine ungewöhnliche Verbindung mit dem Meeresgott gespürt. Er beobachtete die abgenutzten Steinstatuen und die weihrauchbeladene Luft, die sich an die alten Mauern des Tempels klammerte. Unter den abgenutzten Steinen entdeckte er einen kleinen, bescheidenen Felsen, der scheinbar von einer Energie durchdrungen war, die seine Sinne fesselte. Er konnte es nicht erklären, aber er fühlte sich gezwungen, es mitzunehmen, da er spürte, dass es eine Bedeutung hatte, die er nicht ganz erfassen konnte.

Während seiner Reise wurde dieser kleine Stein zu einer Quelle des Trostes und der Inspiration für Morvane. Er schnitzte den Stein während seiner Stunden der Einsamkeit auf dem Meer in eine zarte

Fischform. Während er ihn sorgfältig formte und polierte, erfüllte er den Fisch mit seinen Hoffnungen, Träumen und seiner Liebe zu seinem Sohn Bubba. Morvane stellte sich den Fisch als Symbol des Schutzes vor, als Wächter, der in seiner Abwesenheit über seinen Sohn wachen sollte. Am Morgen von Bubbas Geburtstag kehrte Morvane nach Hause zurück und trug den handgeschnitzten Fisch als Geschenk. Als er es Bubba vorstellte, erklärte er seinen Ursprung und erzählte die Geschichte des antiken Tempels und die Verbindung, die er mit dem Meeresgott gespürt hatte. Das Geschenk war mehr als nur ein wunderschön gearbeiteter Stein; es war eine Darstellung von Morvanes Liebe, Wünschen für die Sicherheit seines Sohnes und seinem Wunsch, Bubba einen tiefen Respekt vor dem Meer zu vermitteln.

Bubba war bewegt von der Geste seines Vaters und der Geschichte hinter dem Fisch. Er nahm das Geschenk mit Ehrfurcht an und versprach, es immer bei sich zu behalten, da er verstand, dass es nicht nur ein Objekt war, sondern ein Symbol für die unerschütterliche Liebe seines Vaters und die geheimnisvolle Verbindung, die sie mit dem Meer teilten.

Der Steinfisch wurde zu einem geschätzten Familienerbstück, das über Generationen weitergegeben wurde und die Liebe, Hoffnungen und Träume der Fischer in Morvanes Abstammung mit sich trug. Jedes Jahr an Bubbas Geburtstag versammelten sie sich um die kleinen, handgeschnitzten Fische und erzählten Geschichten über das Meer, die Abenteuer ihres Vaters und ihre eigenen Erfahrungen auf dem Wasser. Es war eine Erinnerung an die unzerbrechliche Verbindung, die sie mit dem Meer und untereinander hatten, ein Zeugnis für die anhaltende Macht der Liebe eines Vaters zu seinem Sohn.

Bubba saß im Alter von vierundsiebzig Jahren wieder allein im antiken Tempel, wo die Seeluft voller Geschichte war und Geheimnisse flüsterte. Diesmal war er nicht allein; ein freundlicher Hund hatte sich ihm angeschlossen, seine Anwesenheit schien ebenso mystisch zu sein wie der Tempel selbst.

Als er den Steinfisch ansah, der seit Generationen in seiner Familie war, konnte Bubba nicht anders, als eine unheimliche Verbindung dazu zu spüren. Es hatte unzählige Geburtstage gesehen, Geschichten vom Meer gehört und den Lauf der Zeit miterlebt. Etwas an dem Fisch, etwas jenseits seiner physischen Form, zog ihn näher an ihn heran.

Der Tempel schien auf eine besondere Weise lebendig zu werden. Die Luft wurde voller Vorfreude, und das sanfte Summen des Meeres im Hintergrund schien sich mit den Vibrationen des Tempels zu synchronisieren. Bubba, verwirrt und doch neugierig, streckte die Hand aus und berührte den Steinfisch. In diesem Moment durchdrang ihn ein unheimliches Gefühl, als hätte er eine uralte Kraft geweckt.

Der Hund an seiner Seite blieb ruhig, als ob auch er sich der Geheimnisse des Tempels bewusst wäre. Es saß an Bubbas Füßen und beobachtete ihn mit intelligenten Augen, die einen Schimmer von Verständnis enthielten. Die Anwesenheit des Hundes war sowohl tröstlich als auch rätselhaft.

Als Bubba den Steinfisch weiter studierte, bemerkte er etwas Ungewöhnliches - einen schwachen Schimmer innerhalb der Tempelmauern. Im schwachen Licht erkannte er die Quelle: ein Insekt, wie er es noch nie zuvor gesehen hatte. Es war eine brillante schillernde Kreatur mit Flügeln, die die Farben des Meeres zu reflektieren schienen. Das Insekt schwebte um den Fisch herum und schien von ihm angezogen zu werden.

Die Luft wurde noch schwerer, als sich Bubbas Staunen vertiefte. Der Steinfisch, das mysteriöse Insekt, der Hund und der antike Tempel schienen sich in einem harmonischen, aber kryptischen Tanz zu vereinen. Bubba fühlte sich, als stünde er kurz davor, ein uraltes Geheimnis aufzudecken, eines, das auf ihn gewartet hatte, das über Generationen weitergegeben wurde und in der rätselhaften Aura des Steinfisches eingekapselt war. Als das schillernde Insekt sein kompliziertes Ballett um den Fisch fortsetzte, konnte Bubba das Gefühl nicht abschütteln, dass er Teil einer Geschichte geworden war, die Zeit und Raum transzendierte. Es war eine Geschichte von Verbindungen, von einer ungebrochenen Verbindung zwischen seiner Familie und dem Meer und der unerklärlichen Kraft, die sie alle an diesem heiligen Ort verband.

Der Tempel pulsierte mit einer gedämpften Energie, und die Grenze zwischen Realität und Mystik begann zu verschwimmen. Bubba fühlte, dass er am Abgrund einer außergewöhnlichen Offenbarung stand, die ihn nicht nur mit dem Erbe seiner Familie verbinden, sondern auch die uralte Weisheit enthüllen würde, die das Meer und der Tempel hielten.

Als Bubba den Steinfisch sanft auf den alten Boden des Tempels legte, spürte er eine plötzliche, unerklärliche Verbindung. Es war, als würde die Essenz des Tempels auf seine Berührung reagieren, und in einem Augenblick verwandelte sich die Welt um ihn herum.

Ein brillanter Lichtblitz verschlang den Tempel und blendete ihn für einen Moment. Als er wieder sehen konnte, erkannte er, dass der Hund nicht mehr an seiner Seite war und das mysteriöse Insekt verschwunden war. An ihrer Stelle herrschte eine tiefe Stille, und Bubba saß auf dem kühlen Steinboden. Aber was ihn am meisten verblüffte, war die Veränderung, die er in sich spürte.

Bubba war zu seinem siebenjährigen Ich zurückgekehrt. Sein einst erwachsener Körper war in die Unschuld der Kindheit zurückgefallen. Verwirrung vermischte sich mit Erstaunen, als er auf seine kleinen Hände, seine kindlichen Beine und seine Kleidung herabblickte, die jetzt lose an seinem winzigen Körper hingen. Er streckte die Hand aus, um sein Gesicht zu berühren, und stellte fest, dass es glatt und unbelastet von den Spuren der Jugend war.

Die Atmosphäre des Tempels schien mit einer rätselhaften Kraft zu schwingen. Bubba war nicht mehr nur ein Besucher, er war nun Teil einer lebenden Legende. Der Steinfisch, den er einst für ein bloßes Familienerbstück gehalten hatte, hatte seine Geheimnisse auf die außergewöhnlichste Weise enthüllt. Es war ein Kanal zu einem mystischen Übergang, ein Hüter der zeitlosen Weisheit und eine Brücke zwischen Vergangenheit und Zukunft.

Als Bubba über diese surreale Verwandlung nachdachte, hallte eine Stimme leise in seinem Kopf wider, als würde sie von den Wänden des Tempels geflüstert. Die Stimme schien die Geheimnisse zu enträtseln, die in den Steinfischen verborgen waren. Es erzählte von einem alten Meeresgott, dem Beschützer derer, die sich aufs Meer wagten, und dem Bewahrer des Wissens über die Ozeane.

Der Steinfisch, eine Schöpfung der alten Zivilisation, die den Tempel gebaut hatte, war aus einem jenseitigen Mineral geschmiedet worden, das die Energie des Meeres nutzte. Es sollte das Wissen und die Erfahrungen derer bewahren, die es berührten, und es ihnen ermöglichen, die Zeit selbst zu transzendieren.

Bubba war in seiner jugendlichen Form das auserwählte Gefäß geworden. Der Steinfisch hatte seine unnachgiebige Verbindung zum Meer, die dauerhafte Verbundenheit seiner Familie mit dem Wasser und seine Sehnsucht, die Geheimnisse der Tiefe zu verstehen, erkannt. Der Tempel, der als

Kanal für die Kraft des Steinfisches fungierte, hatte ihm einen Einblick in die Vergangenheit und den Schlüssel zur Erschließung der Zukunft gewährt.

Aber mit diesem Geschenk kam Verantwortung. Bubba besaß nun das Erbe unzähliger Generationen, die kollektive Weisheit der Seeleute und die Geheimnisse des Ozeans. Das uralte Wissen des Meeresgottes, das in den Steinfischen gespeichert war, sollte mit der Welt geteilt werden, um die Meere und die darin lebenden Kreaturen zu schützen.

Als Bubba dort saß, legte sich das Gewicht dieses neu gewonnenen Verständnisses auf seine jungen Schultern. Er erkannte, dass er auserwählt war, das Wissen über das Meer weiterzugeben, die Kluft zwischen Vergangenheit und Zukunft zu überbrücken und ein Hüter der Ozeane zu sein. Dieser Moment im Tempel hatte nicht nur sein Schicksal offenbart, sondern auch die tief verwurzelte Verbindung zwischen seiner Familie, den Steinfischen und den heiligen Wassern, die sie verehrten, enthüllt.

Mit Sinn und Ehrfurcht wusste der junge Bubba, dass seine Reise noch lange nicht vorbei war. Er war jetzt der Hüter der Weisheit des Meeresgottes, und der Steinfisch war sein Führer, um die Geheimnisse der Tiefen des Ozeans zu entschlüsseln, die Geheimnisse der Welt zu verstehen und das maritime Erbe seiner Vorfahren zu schützen. Der Weg vor Ihnen war voller Abenteuer, Entdeckungen und der Gelegenheit, einen tiefgreifenden Unterschied in der Welt zu machen, geleitet von der Weisheit der Steinfische und dem dauerhaften Geist des Meeres.

"EINDRINGLINGE AUS DEM HIMMEL"

Der siebenjährige Bubba saß mit gekreuzten Beinen auf dem kühlen, abgenutzten Steinboden des antiken Tempels, der dem Meeresgott gewidmet war. Das schwache Licht filterte durch schmale Fenster und warf ein Schattenmuster an die Wände. Er war mit einer Absicht an diesen Ort gekommen, aber jetzt, als er die ruhige, verwitterte Statue des Meeresgottes betrachtete, war er von widersprüchlichen Gedanken und Emotionen überwältigt.

Bubba vermisste seine Eltern schrecklich. Die Erinnerungen an ihr warmes Lächeln, der beruhigende Klang ihrer Stimmen und die Sicherheit ihres Zuhauses lasteten schwer auf seinem jungen Herzen. Er spürte ein tiefes Gefühl von Heimweh, das ihn von innen annagte.

Tränen flossen in seinen Augen, als er sich an den Tag erinnerte, an dem er sein Dorf verlassen hatte, und seinen Eltern versprach, dass er einen Weg finden würde, sie vor der gefährlichen Situation zu retten, die ihre Gemeinde erfasst hatte. Er war entschlossen, ihr Held zu sein, aber jetzt, in diesem alten Tempel, begann er an sich selbst zu zweifeln.

Bubbas Kopf war mit einem wirbelnden Strudel von Gedanken gefüllt, von denen jeder verwirrender war als der letzte. Was könnte er, ein kleines Kind, möglicherweise tun, um ihr Schicksal zu ändern? Das Gewicht seiner Verantwortung war schwer, und es schien unmöglich zu tragen.

Als Bubba auf die Statue des Meeresgottes starrte, fegte eine sanfte Brise durch den Tempel und trug den Duft von Salzwasser und die fernen Rufe der Möwen mit sich. Es war, als ob der Meeresgott versuchte, mit ihm zu kommunizieren, um in seinem Moment der Verwirrung eine Führung anzubieten.

Bubba holte tief Luft und versuchte, sein rasendes Herz zu beruhigen. Er wusste, dass er nicht aufgeben konnte, er war so weit gekommen, und er schuldete es seinen Eltern und seinem Dorf, weiterzumachen. Mit neuer Entschlossenheit wischte er seine Tränen ab und flüsterte dem Meeresgott ein inniges Gebet zu, in dem er um Kraft, Weisheit und den Mut bat, sich den bevorstehenden Herausforderungen zu stellen.

Mit seinem gesprochenen Gebet spürte Bubba ein Gefühl des Friedens, das ihn überkam, und er erkannte, dass er vielleicht ein kleines Kind in einer weiten Welt war, aber seine Entschlossenheit und die Unterstützung des Meeresgottes würden ihn auf seiner Reise führen. Er hatte noch nicht alle Antworten, aber er war nicht mehr ahnungslos. Er hatte innerhalb der Mauern des antiken Tempels einen Funken Hoffnung und Zielstrebigkeit gefunden, und er war bereit, sich den Herausforderungen zu stellen, die ihn auf seinem Weg zum Helden erwarteten.

Bubbas Neugierde war schon immer eines seiner bestimmenden Merkmale gewesen, und die mysteriösen Vibrationen, die er in den Wänden des Tempels spürte, weckten sein Interesse nur weiter. Er beschloss, den Tempel gründlicher zu erkunden und an diesem antiken Ort einen Sinn zu spüren. Als er sich tiefer in die Hauptkammer des Tempels wagte, wurden seine Augen nach oben zur Decke gezogen, wo er einen kleinen Schlitz bemerkte, der wie zwei Fische ineinander verschlungen war.

In der einen Hälfte des Schlitzes war ein Steinfisch perfekt eingepasst, die andere Hälfte blieb auffällig leer. Bubba, der den Steinfisch umklammerte, den er zuvor gefunden hatte, konnte nicht anders, als sich zu fragen, ob dies der Schlüssel zu einem verborgenen Geheimnis oder Wissen war, das der Tempel enthielt. Die Teile des Puzzles kamen langsam in seinem jungen Geist zusammen.

Der Schlitz in Form von zwei Fischen war ein Rätsel, ein Rätsel, das darauf wartete, gelöst zu werden. Er wusste, dass er einen Weg finden musste, seinen Steinfisch in die leere Hälfte des Schlitzes zu stecken, aber als kleiner, siebenjähriger Junge war er nicht groß genug, um ihn zu erreichen. Bubba sah sich um und suchte nach etwas, das ihm helfen konnte, und seine Augen fielen auf eine verwitterte Holzbank, die in einer Ecke der Kammer versteckt war.

Mit entschlossenen Schritten zog er die Bank unter den Schlitz. Es war schwer und erforderte einige Anstrengungen, aber Bubba ließ sich nicht so leicht abschrecken. Er stand auf der Bank, seine kleinen Hände zitterten vor Vorfreude und versuchte, den Steinfisch in den freien Platz zu stecken. Während er dies tat, hallte ein leises Klicken durch die Kammer, und die Wände schienen wieder zu vibrieren, aber diesmal mit einem Zweck.

Plötzlich war der Tempel in ein weiches, ätherisches Licht getaucht, das von den Steinfischen auszustrahlen schien. Die Statue des Meeresgottes, einst in Schatten gehüllt, erstrahlte nun in einem jenseitigen Glanz. Bubbas Herz raste, als er erkannte, dass er ein verborgenes Geheimnis im Tempel aufgedeckt hatte, etwas, das eine große Bedeutung hatte.

Als der Tempel nun beleuchtet war, bemerkte Bubba ein altes Wandgemälde an der Wand, das er noch nie zuvor gesehen hatte. Es zeigte die Legende eines heldenhaften jungen Fischers, der sich wie er auf die Suche gemacht hatte, um sein Dorf vor einer großen Katastrophe zu retten. Bubba fühlte eine tiefe Verbindung zu dieser Geschichte und erkannte, dass er auf dem richtigen Weg war.

Als Bubba den Tempel weiter erforschte, wusste er, dass der Steinfisch und das Rätsel, das er gelöst hatte, nur der Anfang seiner Reise waren. Mit neu gewonnener Entschlossenheit machte er sich daran, die Geheimnisse des Tempels zu enträtseln und das Wissen und die Kraft zu sammeln, die er brauchte, um seine Mission zu erfüllen und der Held zu werden, der er sein wollte.

Bubba bewunderte das alte Wandgemälde, dessen lebendige Farben und komplizierte Details die Geschichte des heldenhaften Fischers erzählten, der vor ihm gekommen war. Sein Gefühl des Staunens war jedoch von einem Gefühl des Unbehagens geprägt, als er bemerkte, dass sich die beiden Kameras diskret in das Wandbild schmiegten. Eine Kamera hatte gerade aktiviert, ihr Objektiv war auf ihn gerichtet, während die andere blinzelte, noch nicht voll aktiv. Diese Geräte waren anders als alles, was Bubba jemals in seinem jungen Leben gesehen hatte. Das Konzept der Überwachung und Bewachung war ihm völlig fremd. Er konnte nicht anders, als ein Gefühl des Eindringens und der Verletzlichkeit zu verspüren, als ob unsichtbare Augen jede seiner Bewegungen untersuchten.

Bubba trat einen Schritt zurück und seine Augen wanderten von einer Kamera zur anderen. Er fragte sich, wer diese Kameras hier aufgestellt hatte und warum sie ihn beobachteten. Der Tempel des Meeresgottes, ein Ort der Verehrung und des Geheimnisses, war plötzlich zu einem Ort der Unsicherheit und der Fragen geworden.

Die Kamera, die aktiviert wurde, schien Bubbas Bewegungen zu folgen, als er vorsichtig die Kammer erkundete. Er konnte sich dem Gefühl nicht entziehen, dass ihn jemand oder etwas beobachtete. Es war, als wäre das alte Wandbild selbst zum Leben erweckt worden, und er war jetzt eine Figur in einer

Geschichte, die von einem unbekannten Publikum beobachtet wurde.

Als er über die Bedeutung der Kameras nachdachte, dämmerte ihm eine Erkenntnis. Vielleicht sollten die Kameras nicht invasiv oder schädlich sein. Stattdessen könnten sie Hinweise auf die Geheimnisse des Tempels enthalten und denjenigen, die es wagten, seine Geheimnisse zu lösen, Anleitung oder Einblicke geben.

Mit neu gewonnener Geisteskraft und Zielstrebigkeit beschloss Bubba, die Kameras als Werkzeuge zu betrachten, um die rätselhafte Vergangenheit des Tempels zu lösen. Er würde seine Erkundung fortsetzen und auf die subtilen Hinweise und Botschaften achten, die die Kameras vermitteln könnten, in der Hoffnung, Antworten auf die Fragen zu finden, die ihn an diesen heiligen Ort geführt hatten.

Mit jedem Schritt wurde der junge Held entschlossener, bereit, sich dem Unbekannten zu stellen und die Herausforderungen seiner außergewöhnlichen Reise anzunehmen, während er sich bewusst war, dass er unter dem wachsamen Blick der Kameras des alten Wandgemäldes stand.

Als Bubba auf eine der Steinfliesen trat, die sich von den anderen zu unterscheiden schien, bemerkte er sofort ein seltsames Gefühl unter seinem Fuß. Die Fliese fühlte sich hohl an, und das Geräusch seiner Schritte, ein gedämpfter Schlag im Vergleich zu den massiven Steinen um ihn herum, bestätigte seinen Verdacht. Er war auf etwas Faszinierendes gestoßen.

Bubba kniete nieder und untersuchte die Fliese genau. Er fuhr mit seinen kleinen Fingern über die Oberfläche und spürte die komplizierten Schnitzereien aus dünnen Linien und mysteriösen Formen, die in den Stein geätzt waren. Die Symbole schienen eine Geschichte zu erzählen, eine Erzählung, die im Fundament des Tempels verborgen war.

Als seine Finger die Symbole verfolgten, bemerkte er, dass es sich nicht um bloße Dekorationen handelte, sondern um eine bewusste Sprache oder einen Code. Es war eine Sprache, die er noch nie zuvor gesehen hatte, aber er spürte, dass sie der Schlüssel war, um die Geheimnisse des Tempels zu entschlüsseln.

Bubbas Aufregung und Neugier stiegen. Er konnte nicht anders, als sich zu fragen, ob diese codierte Botschaft das nächste Teil des Puzzles sein könnte, ein Hinweis, der ihn näher an das Verständnis des Zwecks des Tempels und seiner eigenen Mission heranführen würde. Er wusste, dass er dieses rätselhafte Skript entschlüsseln musste, um seine Reise fortzusetzen.

Vorsichtig holte er ein Stück Pergament und ein Stück Holzkohle aus seiner Tasche und benutzte die Steinfliese als provisorischen Schreibtisch. Er begann, die Symbole zu kopieren, entschlossen, ihre Bedeutung zu entschlüsseln. Jeder Strich der Holzkohle fühlte sich wie Fortschritt an, und mit jedem Symbol, das er transkribierte, schien der Weg vor ihm klarer zu werden. Die Sprache des Tempels enthüllte ihm langsam seine Geheimnisse.

Als Bubba daran arbeitete, die Symbole zu entschlüsseln, konnte er nicht umhin zu spüren, dass er am Rande einer bedeutenden Entdeckung stand, die ihn nicht nur im Tempel führen, sondern auch den Schlüssel zum Verständnis der größeren Geheimnisse um seine Suche und den Tempel des alten Meeresgottes enthalten könnte.

Als Bubba fleißig die alten Schnitzereien auf sein Pergament kopierte, konnte er das Gefühl nicht loswerden, dass er nicht allein im Tempel war. Zu dem weichen Kratzen der Holzkohle gesellte sich ein unheimliches Geräusch, ein leises Rascheln von der anderen Seite der Wand. Er drehte den Kopf und versuchte, die Quelle des Geräusches zu lokalisieren.

Fasziniert und etwas besorgt folgte Bubba dem Geräusch, das ihn zu einer kleinen, versteckten Tür in der Nähe der Ecke der Hauptkammer führte. Die Tür war alt und verwittert, ihr Holz trug die Spuren unzähliger Jahre. Es war mit einer schweren Kette gesichert, die zu seinem Erstaunen mit seltsamen Reflexionen und komplizierten Mustern zu leuchten schien. Die Kette schien mit einer jenseitigen Energie zu pulsieren und seine Aufmerksamkeit wie eine Motte auf eine Flamme zu lenken.

Bubba erkannte, dass diese eigentümliche Tür und ihre rätselhafte Kette eine weitere Schicht des Geheimnisses innerhalb des Tempels enthielten. Es war, als würde der Tempel ihn tiefer in seine

Geheimnisse führen und seine Neugier als Leuchtfeuer nutzen. Die Symbole, die er von der Steinfliese kopiert hatte, fühlten sich plötzlich noch bedeutsamer an, als wären sie Teil eines größeren Puzzles, das sich über das Wandbild hinaus und in diese versteckte Kammer hinein erstreckte.

Er untersuchte sorgfältig die leuchtenden Muster auf der Kette und versuchte, ihre Bedeutung zu entschlüsseln. Waren sie eine Art Schutz oder eine Warnung? Bubba konnte sich nicht sicher sein, aber er wusste, dass er, um seine Reise fortzusetzen und die Geheimnisse des Tempels aufzudecken, einen Weg finden musste, diese mysteriöse Tür zu öffnen. Mit neu gewonnener Entschlossenheit und Zielstrebigkeit lenkte Bubba seine Aufmerksamkeit auf die Kette, sein junger Geist raste mit Gedanken darüber, wie er dieses neueste Rätsel lösen und entdecken könnte, was hinter der Tür lag, was das Versprechen von noch mehr Antworten und Abenteuern beinhaltete.

Als Bubbas kleine Hand die Oberfläche der glühenden Kette berührte, erwartete er Widerstand, aber zu seinem Erstaunen schien die Kette auf seine Berührung zu reagieren. Es gab ein schwaches, jenseitiges Glockenspiel ab, und dann zog sich die Kette wie eine Schlange, die in ihr Loch schlüpfte, mit einer Reihe von metallischen Klicks in die Abdeckung der Tür zurück.

Die Tür begann sich vor seinen Augen zu verwandeln, ihr verrostetes Metall und ihr altes Holz wurden makellos und kristallklar. Es verwandelte sich in eine Tür, die vollständig aus schimmerndem Glas bestand, dessen Kanten von komplizierten Holzrahmen umrandet waren, die Symbole und Markierungen trugen, die er noch nie zuvor gesehen hatte.

In der Glastür sah Bubba sein eigenes Spiegelbild, das ihn anstarrte, aber es war etwas Unheimliches daran. Als er die Reflexion genauer studierte, wurde ihm klar, dass es nicht nur sein eigenes Gesicht war. Auf der anderen Seite des Glases stand ein anderer Junge von ähnlichem Alter und Aussehen, der jede seiner Bewegungen widerspiegelte.

Ein Gefühl der Ehrfurcht und Neugier überflutete Bubba, als er über die Dualität der Glastür nachdachte. Es war, als würde er eine Reflexion von sich selbst betrachten, aber auf der anderen Seite der Realität. Mit einer Mischung aus Beklommenheit und Aufregung wunderte er sich über die Identität des Jungen auf der anderen Seite und was diese außergewöhnliche Tür verraten könnte.

Bubba atmete tief ein und beschloss, die Schwelle zu überschreiten, wobei seine Hand sanft gegen die Glasoberfläche drückte. In dem Moment, in dem seine Finger die kühle, klare Tür berührten, durchströmte ihn ein kribbelndes Gefühl, und er trat in eine Welt ein, die parallel zu seiner eigenen zu existieren schien, in der sich die Geheimnisse des Tempels und seiner Suche weiter auflösen mussten.

Als Bubba durch die Glastür in die Parallelwelt trat, begegnete ihm auf der anderen Seite der herzliche Gruß des Jungen. Die Vertrautheit in den Augen des Jungen und das freundliche Lächeln auf seinem Gesicht ließen es so aussehen, als ob sie sich schon lange gekannt hätten. Doch für Bubba war Tyro ein völlig Fremder.

Bubba konnte nicht anders, als eine Mischung aus Neugier und Verwirrung zu spüren. Seine Hand ging instinktiv in seine Tasche und holte den Steinfisch, den er zuvor gefunden hatte. Zu seinem Erstaunen spiegelte Tyro, der Junge auf der anderen Seite, seine Handlungen wider,

die einen identischen Steinfisch enthüllt.

Ihre gegenseitige Zurschaustellung des Steinfisches schien ein Symbol für Anerkennung und Verbindung zu sein, aber es vertiefte das Geheimnis für Bubba. Wie hatte Tyro den gleichen Steinfisch und warum schien er Bubba so gut zu kennen?

Sie tauschten Einführungen aus, und Bubba erfuhr, dass der Name des Jungen Tyro war. Tyros Worte und sein Verhalten vermittelten ein Gefühl von Freundschaft und gemeinsamen Erfahrungen, aber Bubba blieb verwirrt. Für ihn war Tyro ein Rätsel, ein Mensch aus einer Welt, die er nie gekannt hatte.

Tyros Augen hatten einen Schimmer von Verständnis, als ob er Wissen über Bubba besäße, das jenseits von Bubbas eigenem Verständnis lag. Es war, als hätte Tyro auf seine Ankunft gewartet und sich auf ihr Treffen gefreut.

Mit einer Mischung aus Vorsicht und Neugier begann Bubba ein Gespräch mit Tyro, in der Hoffnung, die Geheimnisse dieser Parallelwelt und die Verbindung zwischen ihnen zu enträtseln. Es gab Fragen zu beantworten und Geheimnisse aufzudecken, und die Glastür hatte ihn in ein Reich geführt, das bemerkenswerte Entdeckungen und Abenteuer versprach.

Bubba war beeindruckt von der unheimlichen Ähnlichkeit zwischen Tyro und der Figur auf dem Wandbild, das er im Tempel entdeckt hatte. Die Ähnlichkeit war so präzise, dass sie ihm Schauer über den Rücken schickte. Es war, als wäre Tyro aus der Geschichte des Tempels selbst herausgetreten.

Mit einem Gefühl des Vertrauens und der Neugier, das in ihm wuchs, folgte Bubba Tyro in eine kleine, autoähnliche Kammer, die nichts ähnelte, was er je zuvor gesehen hatte. Die Kammer strahlte eine jenseitige Aura aus, gefüllt mit Bedienelementen und Displays, die jenseits seines Verständnisses lagen.

Tyro fühlte sich jedoch wie zu Hause. Er navigierte fachmännisch die Bedienelemente und aktivierte eine Kamera in der Hauptkammer des Tempels. Als die Kamera hochgefahren wurde, wurde Bubbas Staunen von einer dämmernden Erkenntnis begleitet. Es war diese Technologie, diese Kammer und die Kamera, die es Tyro ermöglichte, den Tempel wieder in seinen ursprünglichen Zustand zu versetzen, als er ihn zum ersten Mal betrat.

Der Tempel, der wieder einmal in einem ruhigen und uralten Glanz gebadet war, wurde in den Zustand zurückversetzt, in dem Bubba ihm zum ersten Mal begegnet war. Es war, als wäre die Zeit selbst in diesen ersten Moment zurückversetzt worden. Die Erfahrung ließ Bubba in Ehrfurcht vor den Mächten zurück, die in dieser Welt im Spiel waren, wo Technologie und Mystik auf eine Weise miteinander verflochten waren, die er kaum ergründen konnte.

Mit einer Mischung aus Dankbarkeit und Staunen konnte es Bubba kaum erwarten, den Tempel mit Tyro an seiner Seite neu zu erkunden. Die Geheimnisse um diesen antiken Ort und seinen unerwarteten Begleiter schienen sich nur zu vertiefen. Es gab viel zu lernen, viel zu entdecken, und die bevorstehende Reise versprach Antworten, die Bubbas Verständnis der Welt und seines Platzes darin neu gestalten könnten. Bubba staunte über die unglaubliche Technologie, die Tyro besaß. Es war eine weltverändernde Entdeckung, die Einblicke in Vergangenheit und Gegenwart bot und Türen zu einem Bereich des Wissens und der Erforschung öffnete, den er kaum ergründen konnte.

Als sich das holografische Bild seiner Eltern, die seinen Geburtstag feierten, weiter abspielte, bemerkte er den Ausdruck der Freude auf ihren Gesichtern und die flackernden Kerzen auf dem Kuchen. Ein tiefes Gefühl von Nostalgie und Wärme erfüllte Bubbas

Herz. Er hatte diesen Moment verpasst, und es war, als hätte die Zeit für ihn innegehalten, ihn noch einmal zu erleben.

Mit Tränen in den Augen flüsterte Bubba: „Danke, Tyro. Das bedeutet mir die Welt. Ich kann nicht glauben, dass ich jemals an deiner unglaublichen Technologie zweifeln würde." Er war dankbar für diese unerwartete Verbindung zu seiner Vergangenheit und die Liebe, die seine Eltern ihm gezeigt hatten.

Tyro lächelte Bubba warm an und freute sich, ihm dieses kostbare Geschenk gemacht zu haben. "Es ist ein kleiner Vorgeschmack darauf, was wir gemeinsam erkunden können, Bubba. Die Kammer birgt ein riesiges Wissen und unzählige Erfahrungen, die darauf warten, von uns entdeckt zu werden. Deine Reise, ein Held zu werden, ist gerade viel aufregender geworden, findest du nicht?"

Bubba nickte, sein Verstand drehte sich um die Möglichkeiten. „Ich habe das Gefühl, dass es so viel zu lernen, zu entdecken und zu verstehen gibt. Diese Kammer ist eine Fundgrube an Wissen und Abenteuer. Ich kann es kaum erwarten zu sehen, wohin uns das führt." Ihre Freundschaft hatte bereits begonnen, die Geheimnisse des antiken Tempels zu lüften, und die Verbindung zwischen Bubba und Tyro sollte sich als eine gewaltige Kraft in ihrem Streben nach Heldentum erweisen. Als sie vor der unglaublichen Schnittstelle der Kammer standen, waren sie voller Vorfreude und begierig darauf, ihre

Reise in die Geheimnisse der Welt und die ihnen zur Verfügung stehenden außergewöhnlichen Kräfte fortzusetzen.

Als das holografische Bild seiner Eltern, die seinen Geburtstag feierten, vor ihm spielte, konnte Bubba seine Tränen nicht zurückhalten. Die Freude auf ihren Gesichtern, die flackernden Kerzen auf dem Kuchen - es war ein bittersüßer Moment, der ihn mit einem tiefen Gefühl der Sehnsucht erfüllte. Dankbarkeit schwoll in seinem Herzen für Tyro, der ihm diesen unerwarteten Einblick in die Vergangenheit gegeben hatte.

Im Hintergrund des Videos, in dem seine Familie feierte, wandte sich Bubba an Tyro. „Vielen Dank, Tyro. Ich kann nicht glauben, dass ich jemals an dieser erstaunlichen Technologie gezweifelt habe."

Tyro antwortete mit einem warmen Lächeln: „Gern geschehen, Bubba. Das ist erst der Anfang von dem, was wir gemeinsam aufdecken können."

Bubba konnte nicht anders, als die Frage zu stellen, die ihm in den Sinn gekommen war, seit er den Kuchen im Video zum ersten Mal gesehen hatte. "Tyro, warum haben mir meine Eltern den Kuchen nicht gezeigt, als ich dort war? Ich dachte, unsere Familie würde so harte Zeiten durchmachen. Ich hatte vor, zu arbeiten, um meinen Vater zu unterstützen."

Tyro nickte und verstand die Verwirrung. "Deine Eltern wollten dich am Tag nach deinem Geburtstag mit diesem Kuchen überraschen, Bubba. Sie wollten dir eine besondere Feier machen. Aber etwas Wunderbares geschah. Als Sie gingen, waren Sie von dem tiefen Wunsch erfüllt, Ihrer Familie zu helfen. Du hast alles getan, um ihr Wohlergehen zu sichern. Und dabei hast du etwas Außergewöhnliches gefunden."

Bubba war verwirrt von Tyros Worten. »Etwas Außergewöhnliches? Was meinst du damit?"

Tyro lächelte wissentlich und stellte mit ein paar schnellen Befehlen die Benutzeroberfläche ein. Auf dem Bildschirm sah Bubba erstaunt zu, wie der Live-Video-Feed aus der Kammer einen Live-Stream aus dem Haus seiner Familie zeigte. In diesem Echtzeit-Video sah er seine Eltern Morvane und Nerissa vor einem wunderschön renovierten Haus stehen. Der Ort war aufgewertet und verbessert worden, und eine fröhliche Atmosphäre erfüllte die Luft. Seine Eltern lachten und plauderten mit einer jüngeren Version von Bubba, die direkt bei ihnen war.

Bubba war verblüfft und kämpfte darum, zu verstehen, was er sah. „Wie ist das möglich? Ich war während dieser Zeit auf einem Boot. Ich war nicht bei ihnen."

Tyro erklärte: „Deine unerschütterliche Entschlossenheit und Liebe zu deiner Familie, Bubba, haben versehentlich eine einzigartige Gelegenheit geschaffen. Während Sie auf dem Boot arbeiteten, hallten Ihre Absichten und Bemühungen durch Zeit und Raum. Es war, als wäre eine andere Version von dir direkt neben deinen Eltern aufgetaucht, und gemeinsam habt ihr ihr Leben verbessert. Ihre harte Arbeit hatte einen tiefgreifenden Einfluss, auch wenn Sie nicht physisch anwesend waren."

Bubba war tief bewegt, Tränen wuchsen wieder auf. Die Offenbarung, dass seine Liebe und Hingabe seine Familie berührt hatte, auch aus der Ferne, war sowohl herzerwärmend als auch magisch. Während sie weiterhin den Live-Stream von Bubbas Eltern beobachteten, freudig und blühend, konnte Bubba nicht anders, als ein neues Zielbewusstsein zu verspüren. Die Kammer, Tyro und die unglaubliche Technologie, die ihnen zur Verfügung stand, hatten die Macht, die Wunder der Welt zu enthüllen, und Bubba war entschlossen, das Leben derer, die er liebte, zu erforschen, zu lernen und zu verändern.

Mit Tyro als seinem Führer und Begleiter war Bubba bereit, sich allen Mysterien und Abenteuern zu stellen, die vor ihm lagen, und zu verstehen, dass die Bande der Liebe und Hingabe Zeit und Raum überschreiten und einen Teppich der Hoffnung und des Staunens in der Welt weben konnten.

Bubba wandte sich an Tyro, sein Herz war voller Dankbarkeit und Neugier. „Tyro, das ist unglaublich. Ich hätte nie gedacht, dass meine Bemühungen meine Familie so tiefgreifend beeinflussen könnten, selbst wenn ich meilenweit entfernt war. Es ist wie ein Wunder."

Tyro nickte, seine Augen spiegelten das Wunder des Augenblicks wider. „Es ist ein bemerkenswertes

Zeugnis für die Kraft der Entschlossenheit und der Liebe. Ihre Handlungen, die von Ihrer Liebe zu Ihrer Familie geleitet wurden, hatten einen Welleneffekt, der die Grenzen der Zeit überschritt

und Raum."

Bubba musste sich fragen: "Geht es bei dieser Technologie um den Tempel des Meeresgottes? Gibt es noch mehr zu entdecken, noch mehr Geheimnisse zu lüften?"

Tyros Antwort war nachdenklich. „Der Tempel ist ein Ort mit unglaublichem Wissen und unglaublicher Macht, aber es geht nicht nur um Technologie. Es geht darum, die Vernetzung aller Dinge zu verstehen, um die Kräfte, die unsere Welt und unsere Schicksale prägen. Der Tempel ist ein Gefäß, das es uns ermöglicht, die Tiefen dieses Verständnisses zu erforschen."

Bubba spürte, wie ein tiefes Zielbewusstsein in ihm aufstieg. „Ich möchte weiter erforschen, lernen und die Welt verändern. Es gibt so viel, was ich immer noch nicht verstehe, und ich möchte die Geheimnisse des Tempels aufdecken."

Tyros Blick hatte ein Gefühl von Willenskraft. „Ich glaube, gemeinsam können wir die Geheimnisse des Tempels aufdecken und sein Wissen zum Wohle der Allgemeinheit nutzen. Aber, Bubba, unsere Reise fängt gerade erst an. Es warten Herausforderungen und Abenteuer auf uns. Bist du bereit für das, was vor dir liegt?"

Bubba begegnete Tyros Blick mit unerschütterlicher Entschlossenheit. »Ich bin bereit, Tyro. Ich möchte ein Held sein, nicht nur für meine Familie, sondern für alle, die Hilfe brauchen. Lasst uns das Unbekannte annehmen und diese unglaubliche Reise fortsetzen."

Mit einem gemeinsamen Sinn für den Zweck und den Geheimnissen des Tempels waren Bubba und Tyro bereit, sich dem zu stellen, was vor ihnen lag. Die Kammer und die Technologie, die sie besaß, waren ihre Werkzeuge, aber ihre Entschlossenheit und Liebe wären ihr größtes Kapital auf diesem außergewöhnlichen Weg. Die Geschichte war noch lange nicht vorbei, und ein neues Kapitel war im Begriff, sich zu entfalten.

"INS BLAUE UNBEKANNTE"

Das kammerähnliche Gerät, mit dem Tyro Bubbas Familienfeier enthüllt hatte, war in der Tat ein bemerkenswertes Unterwasserschiff. Mit ihren Herzen voller Aufregung und Neugier bereiteten sich Bubba und Tyro auf eine unglaubliche Reise in die Tiefe des Ozeans vor.

Als sie sich in den bequemen Sitzen der Kammer niederließen, initiierte Tyro die Systeme des Schiffes. Es summte zum Leben, und die klaren Glaswände, die sie umgaben, begannen sich zu verändern. Die Kammer verwandelte sich in ein wasserdichtes, transparentes U-Boot, so dass Bubba und Tyro die Welt unter den Wellen sehen konnten.

Bubba beobachtete mit Ehrfurcht, wie sich die Kammer unter die Meeresoberfläche senkte. Das Wasser um sie herum wechselte allmählich von azurblau zu einem tieferen, geheimnisvolleren Farbton. Fischschwärme kamen vorbei, lebhaft und vielfältig in der Farbe, und die lebhaften Korallenriffe kamen in Sicht.

Inmitten der sich ständig verändernden Unterwasserlandschaft konnte Bubba sein Wunder nicht zurückhalten. „Das ist unglaublich, Tyro! So etwas habe ich noch nie gesehen. Der Ozean ist so voller Leben und Schönheit."

Tyro stimmte mit einem Lächeln im Gesicht zu. „Das Meer birgt unzählige Geheimnisse und atemberaubende Sehenswürdigkeiten, Bubba. Aber sie steht auch vor Herausforderungen und Gefahren. Es liegt in unserer Verantwortung, dieses unglaubliche Ökosystem zu erforschen und zu schützen."

Als sie sich weiter in die Tiefe wagten, begann der Ozean seine Geheimnisse zu enthüllen. Einzigartige und exotische Meerestiere schwammen vorbei, von anmutigen Meeresschildkröten bis hin zu schwer fassbaren Riesenkalmar. Die lebendige, fremdartige Landschaft des Meeresbodens kam mit ihren geheimnisvollen Unterwasserhöhlen und Tiefseegräben in Sicht.

Bubbas Stimme war voller Neugier. „Wonach suchen wir, Tyro? Welche Geheimnisse birgt der Ozean für uns?"

Tyro blickte ihn wissend an. „Es warten viele Entdeckungen auf uns, Bubba. Aber unser oberstes Ziel ist es, die Verbundenheit allen Lebens zu verstehen, so wie es der Tempel des Meeresgottes lehrt. Wir müssen lernen, das empfindliche Gleichgewicht dieser Unterwasserwelt zu schützen und zu bewahren."

Als die Kammer ihren Abstieg fortsetzte und sie in das Herz der unbekannten Tiefen des Ozeans führte, waren Bubba und Tyro bereit, sich den Herausforderungen zu stellen und die Wunder aufzudecken, die vor ihnen lagen. Ihre Reise in das blaue Unbekannte begann gerade erst, und die

Wunder und Verantwortlichkeiten der Meereswelt lockten sie dazu, eine Welt zu erforschen, zu lernen und etwas zu verändern, die mysteriöser und kostbarer war, als sie es sich jemals hätten vorstellen können.

Als das U-Boot seinen Abstieg in den tiefen Ozean fortsetzte, verwandelte sich die Welt draußen in ein fremdes, mysteriöses Reich, das mit den Wundern des Meereslebens gefüllt war. Bubba konnte seine Faszination nicht zurückhalten, und seine Neugier konnte nicht anders, als aufzublasen. "Tyro", begann er, "ich habe mich gefragt... woher kommst du? Was ist dein Ursprung, deine Geschichte?"

Tyro, immer bereit, Wissen zu teilen, blickte Bubba mit einem wissenden Lächeln an.

"Bubba, mein Ursprung ist eine Geschichte, die weit über die Erde hinaus beginnt. Ich komme von einem Planeten, der, ähnlich wie dein eigener, seinen Anteil an Herausforderungen und Entdeckungen hat. Aber lassen Sie mich Ihnen die Geschichte eines Individuums zeigen, das sich auf der Suche nach Wissen und Veränderung auf einen fernen Planeten gewagt hat."

Damit produzierte Tyro ein kabelähnliches Gerät und verband es im Handumdrehen mit der Handfläche von Bubba. Die Welt um sie herum schien zu erfrieren, und Bubba beobachtete eine atemberaubende Szene, die sich auf einem von der Erde entfernten Planeten abspielte.

Bubba war von den Bildern fasziniert, als sie ihn auf einen fremden Planeten transportierten, der mit fortschrittlicher Technologie und der Suche nach Veränderung gefüllt war. Die Geschichte, die vor ihm spielte, war die von Dr. Cletus, dem außerirdischen Wissenschaftler, der sich auf eine gewagte Reise zur Erde begeben hatte.

Bubba beobachtete mit Ehrfurcht, wie sich die Geschichte von Dr. Cletus, seiner Erfindung und seiner Verwandlung vor ihm entfaltete. Er sah die Ankunft des Wissenschaftlers auf der Erde, seine Faszination für die Einheit und das Mitgefühl der Menschen und seine Mission,

diese Werte an sein eigenes Volk zurückzugeben.

Es war eine Geschichte der Erleuchtung und des Wandels, des Überschreitens von Grenzen, um eine neue Lebensweise zu entdecken. Als sich die Geschichte abspielte, fühlte Bubba eine Verbindung zu Dr. Cletus 'Reise. Die Kraft der Einheit und des Mitgefühls, die gleichen Werte, die Herr Cletus bei den Menschen der Erde gesehen hatte, fanden bei Bubba Anklang.

Das Kabel wurde von Bubbas Handfläche getrennt, und die Zeit nahm wieder ihren Lauf. Bubba hatte eine neu entdeckte Wertschätzung für die Kraft der Einheit und das Potenzial für Veränderungen, nicht nur auf der Erde, sondern auch im gesamten Universum.

Mit einem Sinn für Absicht, der in ihm brannte, wandte sich Bubba an Tyro. „Tyro, die Geschichte von Dr. Cletus ist inspirierend. Es zeigt, dass selbst in der Weite des Universums Werte wie Einheit und Mitgefühl tiefgreifende Veränderungen bewirken können. Ich möchte ein Teil dieser Veränderung sein, nicht nur auf der Erde, sondern überall dort, wo wir hingehen."

Tyro nickte zustimmend. "Bubba, deine Begeisterung und dein Engagement sind bemerkenswert. Gemeinsam werden wir den tiefen Ozean erforschen, aus seinen Geheimnissen lernen und das Wissen und die Werte zurückbringen, die Veränderungen inspirieren können, genau wie Dr. Cletus es getan hat."

Als sich ihre Reise in das blaue Unbekannte fortsetzte, waren Bubba und Tyro nun durch eine gemeinsame Mission und ein tieferes Verständnis der Kraft der Einheit und des Mitgefühls im Universum vereint. Sie waren bereit, die Herausforderungen des Ozeans anzunehmen und seine Geheimnisse zu enthüllen, während sie die Geschichte von Dr. Cletus als Inspirationsquelle trugen.

In der Ära vor Mr. Cletus 'bemerkenswerter Reise zur Erde war der Planet der Außerirdischen ein Ort der fortschrittlichen Technologie und des wissenschaftlichen Fortschritts. Ihre Gesellschaft wurde auf den Grundlagen des Wissens aufgebaut, wobei Wissenschaftler und ein Erfinder die Grenzen des Möglichen sprengten. Unter ihnen zeichnete sich

Herr Cletus als brillanter und innovativer Wissenschaftler aus.

Obwohl der Planet technologisch fortgeschritten war, stand er vor einer erheblichen Herausforderung. Trotz ihrer wissenschaftlichen Leistungen zeichnete sich die Gesellschaft durch mangelnde Einheit und gemeinsamen Zweck aus. Die Bewohner des Planeten waren zunehmend isoliert und auf individuelle Beschäftigungen fokussiert. Die Werte Mitgefühl und Kooperation waren dem technologischen Fortschritt in den Hintergrund getreten.

Herr Cletus war jedoch anders. Er war zutiefst besorgt über die wachsende Trennung unter seinem Volk. Während er für seine Erfindungen und wissenschaftlichen Durchbrüche gefeiert wurde, war er entschlossen, sein Wissen zu nutzen, um die Kluft zu überbrücken und die Einheit in ihrer Gesellschaft wiederherzustellen.

Eines Tages hatte er eine Vision – die Erfindung der „Universal Scamodification"-Maschine. Seine Vision war es nicht nur, das Geschlecht ungeborener Babys zu bestimmen, sondern die bemerkenswerten Fähigkeiten der Maschine zu nutzen, um die Gedanken ihrer Jungen zu lesen und zu verändern. Er glaubte, dass sie durch die Vermittlung von Werten der Zusammenarbeit, des Mitgefühls und des Allgemeinwohls in der neuen Generation eine Gesellschaft wieder aufbauen könnten, in der Technologie und Menschlichkeit Hand in Hand gingen.

Aber es gab ein großes Problem. Seine Mitbewohner waren skeptisch. Sie waren an das Streben nach individuellem Erfolg gewöhnt, und es fiel ihnen schwer zu glauben, dass eine solche Maschine Werte der Einheit vermitteln könnte. Herr Cletus wusste, dass die Menschen oft Beweise benötigten, um neue Ideen anzunehmen, und das Potenzial der Maschine stieß auf Unglauben.

Er verstand, dass er reale Beweise für die Wirksamkeit der Maschine brauchte. Er beschloss, einen mutigen Schritt zu machen und ins Unbekannte zu reisen. Er machte sich auf eine Expedition, um eine Gesellschaft zu finden, in der Einheit und Mitgefühl gedeihen. Da entdeckte er die Erde.

Während seiner Zeit auf der Erde war Herr Cletus zutiefst betroffen von den Menschen, denen er begegnete. Er beobachtete ihre Fähigkeit, in Zeiten der Not zusammenzukommen, Mitgefühl füreinander zu zeigen und sich für das größere Wohl zu vereinen. Die Erfahrung veränderte seine Perspektive, nicht nur als Wissenschaftler, sondern auch als Mitmensch im Universum.

Nach seiner Rückkehr zu seinem Heimatplaneten brachte er die Blutproben von der Erde zurück, eine physische Erinnerung an das Potenzial der Menschen für Einheit. Aber noch wichtiger ist, dass er eine Vision des Wandels zurückbrachte. Er hoffte, sein eigenes Volk zu inspirieren, die Werte, die er auf der Erde erlebt hatte, anzunehmen und ihre technologischen Fortschritte mit der Menschheit zu vereinen, die er auf diesem fernen Planeten gefunden hatte.

Tief unter dem Ozean steuerten Bubba und Tyro ihr Tauchboot in eine bezaubernde Welt. Es war eine Höhle, die dank spezieller Meerespflanzen, die in Blau- und Grüntönen leuchteten, mit einem jenseitigen Licht schimmerte. Die Wände der Höhle funkelten in diesen strahlenden Farben und schufen ein jenseitiges, fast mystisches Ambiente.

Dieser Ort war ein Wunder der Natur und wimmelte von einzigartigen, leuchtenden Meerestieren. Einige von ihnen waren zart und wirkten fast durchsichtig, bewegten sich anmutig wie ätherische Tänzer durch das Wasser. Andere jedoch schützten ihr Territorium mehr und zeigten heftige, leuchtende Muster, um zu kommunizieren und Eindringlinge abzuwehren.

Als Bubba und Tyro sich weiter in diese ungewohnte Umgebung wagten, begegneten sie einer Welt, die anders war als alles, was sie je zuvor gesehen hatten. Ihre fortschrittliche Ausrüstung ermöglichte es ihnen, Informationen über die in der Höhle lebenden Kreaturen zu sammeln. Sie beobachteten ihr Verhalten, die schönen Muster der Biolumineszenz, die sie zeigten, und wie sie in dem empfindlichen Ökosystem miteinander interagierten.

Aber ihre Anwesenheit blieb von den territorialen Kreaturen der Höhle nicht unbemerkt. Diese Kreaturen mit scharfen, leuchtenden Anhängseln näherten sich vorsichtig dem Tauchboot und kreisten neugierig um es, während sie ihre territorialen

Absichten deutlich machten. Bubba und Tyro mussten vorsichtig sein und ihr Tauchboot mit Geschick steuern, um diese Kreaturen nicht zu verärgern. Sie verstanden, wie wichtig es ist, das empfindliche Gleichgewicht des Lebens in dieser einzigartigen Unterwasserwelt zu respektieren. Als sie sich tiefer in diese Welt der leuchtenden Wunder wagten, waren Bubba und Tyro erstaunt zu entdecken, dass selbst in den dunkelsten Ecken des Ozeans das Leben gedeihen und Ehrfurcht einflößen konnte. Ihre Reise durch diese leuchtende Höhle zeigte die unglaubliche Fähigkeit des Ozeans, atemberaubende Schönheit und Geheimnisse zu schaffen. Die Herausforderungen, vor denen sie standen, vertieften nur ihren Respekt vor den erstaunlichen Wundern, die unter den Wellen verborgen waren.

Als Bubba und Tyro tiefer in den Graben hinabstiegen, baute sich der Druck aus dem umgebenden Wasser weiter auf und die Dunkelheit wurde intensiver. Ihre High-Tech-Kammer war die einzige Lichtquelle in dieser seltsamen Unterwasserwelt, die überall unheimliche Schatten warf.

Bubba, der Ozeanograph, war erstaunt über das ungewöhnliche Meeresleben, dem sie begegneten. Riesige, durchsichtige Kreaturen mit schimmernden Schuppen glitten an ihrer Kammer vorbei, ihre großen, runden Augen auf die unbekannten Besucher gerichtet. Tyro, der Ingenieur, war beeindruckt von der Stärke ihrer Kammer, die dem immensen Druck der Tiefsee standhielt.

Aber nicht alle Kreaturen, denen sie begegneten, waren freundlich. Einige versuchten mit scharfen Zähnen und unfreundlichen Augen, ihre Kammer anzugreifen und verwechselten sie mit Nahrung. Bubba und Tyro mussten schnell handeln und das Verteidigungssystem der Kammer nutzen. Es strahlte ein hohes Geräusch aus, das die aggressiven

kreaturen.

Bei ihrer Reise durch den Graben ging es sowohl ums Überleben als auch ums Lernen. Bubba und Tyro nutzten ihre fortschrittliche Technologie, um Daten über diese mysteriösen Kreaturen zu sammeln, während sie darauf achteten, das Gleichgewicht dieser verborgenen Welt nicht zu stören. Sie fühlten sich wie bescheidene Gäste an einem Ort, der der Menschheit schon sehr lange verborgen war. Während sie weiter tiefer in den Abgrund vordrangen, blieben sie in höchster Alarmbereitschaft. Sie wussten, dass hinter jeder Ecke des Grabens mehr rätselhafte Kreaturen warten könnten – einige neugierig, andere unfreundlich. Das Abenteuer war noch lange nicht vorbei, und die Geheimnisse der Tiefsee warteten noch darauf, entdeckt zu werden.

Mit jedem Kapitel ihrer Ozeanforschung lernten Bubba und Tyro weiter, passten sich an und gewannen eine tiefere Wertschätzung für die unglaublichen Geheimnisse des Ozeans. Dieses besondere Kapitel ließ sie in Ehrfurcht vor der bemerkenswerten Fähigkeit des Ozeans zurück, selbst an den unerwartetsten und bezauberndsten Orten Leben zu nähren. Als das U-Boot durch die geheimnisvollen Tiefen des Ozeans glitt, konnte Bubba nicht anders, als eine Mischung aus Aufregung und Besorgnis zu spüren. Die dunkle Dunkelheit draußen wurde durch das sanfte Leuchten biolumineszierender Kreaturen unterbrochen, wodurch ein jenseitiges Ambiente im Unterwasser geschaffen wurde.

Bubba, dessen Neugier ihn überwältigte, wandte sich an Tyro und fragte: „Weißt du, Tyro, diese ganze Situation ist ziemlich bizarr. Ich meine, wer lässt ein U-Boot jahrelang in einem Tempel und sagt dann jemandem, dass er es abholen soll, ohne eine Ahnung zu haben, wohin wir fahren? Hast du eine Ahnung, was los ist?"

Tyro kratzte sich am Kopf und antwortete unsicher: „Bubba, ich wünschte, ich hätte mehr Antworten, aber alles, was ich weiß, ist, was mir gesagt wurde. Dieses U-Boot hat sein eigenes Navigationssystem, und ich wurde angewiesen, in diesem Tempel auf dich zu warten. Darüber hinaus ist es ein Rätsel. Aber manchmal können Geheimnisse zu großen Abenteuern führen, meinst du nicht?"

Bubba kicherte, sein abenteuerlustiger Geist entfachte wieder. "Da hast du recht, Tyro. Es passiert nicht jeden Tag, dass man sie in einem U-Boot in der Mitte des Ozeans findet, ohne ein klares Ziel. Ich schätze, wir sind dabei, uns auf ein verdammtes Abenteuer einzulassen. Also, sag mir, was machst du, während du jahrelang hier im Tempel wartest? Das kann nicht einfach sein."

Tyro lächelte, seine Augen spiegelten die Weisheit von jemandem wider, der eine lange Zeit in der Einsamkeit verbracht hatte. "Nun, Bubba, ich habe meine Zeit damit verbracht, die alten Inschriften des Tempels zu studieren und zu meditieren. Dieser Ort hat eine Aura der Ruhe und des Geheimnisses, die ziemlich fesselnd ist. Und natürlich habe ich sehnsüchtig auf deine Ankunft gewartet, was seine eigene Aufregung mit sich bringt."

Als das U-Boot seinen Abstieg in den Abgrund fortsetzte, ließen sich Bubba und Tyro in einer angenehmen Stille nieder und tauschten gelegentlich Gedanken über die Schönheit und Geheimnisse der sie umgebenden Tiefseewelt aus. Die biolumineszierenden Kreaturen draußen tanzten wie ätherische Glühwürmchen und das sanfte Summen des U-Bootes bot eine beruhigende Kulisse für ihr Gespräch.

Wenig wussten sie, dass ihre Reise ins Unbekannte gerade erst begonnen hatte und die Geheimnisse des U-Bootes, des Tempels und der Tiefen des Ozeans darauf warteten, entschlüsselt zu werden?

Im Laufe ihrer Reise machten Bubba und Tyro eine Pause, um ihre Nahrungsergänzungsmittel einzunehmen. Die kompakten Hightech-Beutel enthielten alle Nährstoffe, die sie für ihr Unterwasserabenteuer benötigten. Bubba schraubte die Kappe auf seinem Beutel ab, nahm einen Schluck und machte ein Gesicht mit dem leicht synthetischen Geschmack.

Tyro, seinen Beutel in der Hand, grinste und sagte: „Nicht das köstlichste Essen, das gebe ich zu, aber es wird uns am Laufen halten. Außerdem ist es ein wesentlicher Bestandteil unserer Mission."

Bubba nickte und als er einen weiteren Schluck nahm, fiel sein Blick auf ein seltsames kristallartiges Objekt auf der Tischplatte. Es war durchscheinend und strahlte ein weiches, pulsierendes Leuchten aus, das komplizierte Muster auf das Innere des U-Bootes wirft.

Neugier hat das Beste aus ihm herausgeholt, und er streckte die Hand aus, um den Kristall in die Hand zu nehmen. Als er es in der Hand hielt, überflutete ihn eine besondere Wärme und Zielstrebigkeit. Er wandte sich mit Aufregung und Intrigen in den Augen an Tyro und sagte: „Tyro, sieh dir das an. Ich habe diesen Kristall auf dem Tisch gefunden und da ist etwas dran... es fühlt sich wichtig an, als wollte er uns etwas sagen."

Tyro untersuchte den Kristall, seine Augen weiteten sich, als er seine Bedeutung erkannte. "Bubba, das ist kein gewöhnlicher Kristall. Es ist ein altes Artefakt, das als "Ocean's Heart" bekannt ist. "Die Legende besagt, dass das Herz unglaubliche Kräfte besitzt und diese auf einer einzigartigen und wichtigen Mission führen soll. Es wird seit Jahrhunderten vermisst. Das ist bemerkenswert!"

Bubbas Herz raste mit einer Mischung aus Ehrfurcht und Vorfreude. "Also willst du mir sagen, dass dieser Kristall etwas mit unserer Mission und diesem U-Boot zu tun hat?"

Tyro nickte ernst. "Es scheint so zu sein, Bubba. Dass du es jetzt auf dieser Reise gefunden hast, ist kein Zufall. Das Ocean's Heart hat eine Möglichkeit, diejenigen auszuwählen, die es für eine Mission von größter Bedeutung für würdig hält. Wir müssen seine Botschaft entschlüsseln und seiner Anleitung folgen. Ich glaube, es ist der Schlüssel, um die Geheimnisse zu lüften, die vor uns liegen."

Mit dem Ocean's Heart in der Tasche kehrten Bubba und Tyro zu ihren Plätzen zurück. Ihre Aufregung war spürbar, und das Navigationssystem des U-Bootes schien auf das Vorhandensein des antiken Artefakts zu reagieren. Als das Tauchboot seinen Abstieg fortsetzte, wurden das Zielbewusstsein und das Gewicht ihrer bevorstehenden Mission stärker. Es war klar, dass ihr Abenteuer eine unerwartete und außergewöhnliche Wendung nahm, und die Geheimnisse des tiefen Ozeans waren bereit, ihre Geheimnisse zu enthüllen.

Als das U-Boot durch die dunklen Tiefen des Ozeans glitt, wandte sich das Gespräch zwischen Bubba und Tyro den Geheimnissen des Universums zu und fügte ihrer Reise eine intellektuelle Schicht hinzu.

Bubba, der über das dicke Bullauge des U-Bootes hinaus in die Weite des Ozeans spähte, sinnierte: "Weißt du, Tyro, diese Unterwasserwelt ist wie ein anderes Universum, so anders als das, das wir an der Oberfläche kennen. Du wunderst dich über das Universum jenseits unserer Welt, nicht wahr?"

Tyro, immer offen für eine nachdenkliche Diskussion, nickte. "In der Tat, Bubba. Die Meerestiefen erinnern daran, wie viel von unserem Planeten unerforscht bleibt, aber sie erinnern mich auch an die Weite des Universums dahinter. Der Kosmos ist eine grenzenlose Weite, und wir haben nur an der Oberfläche seiner Geheimnisse gekratzt." Bubba fuhr fort: "Ich habe einmal von dieser Theorie gehört, dass es da draußen in weit, weit entfernten Galaxien anderes intelligentes Leben geben könnte. Kannst du dir vorstellen, wie es wäre, mit außerirdischen Wesen in Kontakt zu treten? Das wäre umwerfend."

Tyro kicherte: „Es wäre sicher eine monumentale Entdeckung. Denken Sie nur an das Wissen und die Perspektiven, die sie mit sich bringen könnten. Es ist eine der aufregendsten Möglichkeiten im Bereich der Science-Fiction und Science-Facts."

Ihr Gespräch führte sie zum Konzept von Zeit und Raum, und Bubba überlegte: „Auch Zeitreisen sind eine faszinierende Idee. Was wäre, wenn wir in der Zeit zurückreisen und sehen könnten, wie sich historische Ereignisse entfalten, oder vielleicht einen Blick in die Zukunft werfen könnten? Die Möglichkeiten sind endlos."

Tyro, fasziniert von Bubbas Neugier, antwortete: "Die Zeit ist eine eigenartige Dimension, und obwohl wir große Fortschritte beim Verständnis gemacht haben, gibt es immer noch so viel, was wir nicht wissen. Das Gewebe aus Zeit und Raum birgt unzählige Rätsel, die die Köpfe von Wissenschaftlern und Träumern gleichermaßen in ihren Bann ziehen." Ihr Gespräch schlängelte sich durch Themen wie schwarze Löcher, das Potenzial für Paralleluniversen und das Konzept einer Multiversität. Die Dunkelheit außerhalb des U-Bootes schien die Weite des Universums widerzuspiegeln, was sowohl bei Bubba als auch bei Tyro ein Gefühl der Demut und des Staunens auslöste.

Als sie über die Geheimnisse des Universums nachdachten, konnten sie nicht umhin zu spüren, dass ihre aktuelle Reise, die vom rätselhaften Ocean's Heart geleitet wurde, nur ein kleiner Teil einer viel größeren kosmischen Erzählung war, die darauf wartete, enträtselt zu werden. Als Bubba und Tyro tiefer in ihr Gespräch über das Universum eintauchten, lächelte Tyro, der tatsächlich ein Außerirdischer von einem unbekannten Planeten war, vor sich hin, behielt aber seine menschliche Form bei und tat weiterhin so, als wäre er so neugierig wie Bubba.

Als Bubba die Möglichkeit des Kontakts mit außerirdischen Wesen erwähnte, wanderten Tyros Gedanken zu seinem Heimatplaneten und der in den Tiefen des Ozeans verborgenen Basis. Er wusste, dass er Bubba in eine den Menschen unbekannte Welt entführte, in der Tiros Außerirdische ihre Basis mit der Absicht errichtet hatten, die Ozeane der Erde zu studieren und eine friedliche Verbindung mit der Menschheit zu fördern. Tyros Mission war es, die Kluft zwischen seinem Volk und den Menschen auf der Erde zu überbrücken.

Als Bubba aufgeregt über das Konzept der Zeitreise nachdachte, erkannte Tyro, dass die Geheimnisse seiner fortschrittlichen Alien-Technologie bald seinem neuen menschlichen Begleiter enthüllt werden könnten. Tyro hatte jedoch eine echte Absicht dahinter. Er glaubte, dass er durch den Austausch seines Wissens dazu beitragen könnte, das Verständnis der Erde für das Universum voranzutreiben und die Zusammenarbeit zwischen den beiden Arten zu fördern.

Ihr Gespräch ging weiter, und Tyro teilte seine Gedanken über Schwarze Löcher, Paralleluniversen und die Vielfalt, während er seine menschliche Fassade beibehielt. Er war sich bewusst, dass die Geheimnisse der Tiefen des Ozeans, wo sein Volk seine Basis errichtet hatte, mit diesen mysteriösen Konzepten verbunden waren.

Ohne Bubba zu wissen, bestand Tyros Mission nicht nur darin, ihn in die verborgene Unterwasserwelt der Außerirdischen zu bringen. Es ging darum, ein tieferes Verständnis zwischen ihren Arten zu fördern, die Grenzen der Erdoberfläche und die Weiten des Universums zu überschreiten. Als das U-Boot weiter in den Abgrund des Ozeans abstieg, blieb Tyros verborgene Agenda hinter seinem freundlichen Auftreten verborgen und Bubba wunderte sich über die rätselhaften Geheimnisse der Tiefe und des Universums, das sie zusammen entdecken wollten.

PAUSE

Inmitten der Turbulenzen von Cletus 'laufender Mission, die Erde vor der außerirdischen Bedrohung zu schützen, entsteht eine Pause. Diese Pause markiert einen Perspektivwechsel, einen Moment der Kontemplation, wenn die Erzählung einen neuen Weg einschlägt.

Während sich die Geschichte kurzzeitig in den Schatten zurückzieht, wird ein neuer Blickwinkel enthüllt. Die Reise nimmt eine unerwartete Wendung und enthüllt verborgene Geheimnisse und unerwartete Verbündete. Der Kampf um das Überleben der Erde tritt in eine neue Phase ein, und Cletus steht vor Herausforderungen, die seine Rolle als Wächter des Planeten neu definieren werden.

Atme in dieser Pause tief durch, denn die Geschichte ist dabei, in unbekanntes Territorium zu springen, eine Welt der Intrigen, Allianzen und unerforschten Grenzen.

Bereite dich darauf vor, in das nächste Kapitel einzutauchen, in dem der innere Feind eine ganz neue Form annimmt und die Einsätze höher sind als je zuvor.

Maheshwara Shastri

FEIND IM INNEREN:
CLETUS'KAMPF FÜR DIE GEHEIMNISSE DER ERDE

Im weiteren Verlauf der Geschichte entfaltete sich die schreckliche Situation. Herr Cletus, der von Dr. Scorch inhaftiert wurde, hatte kurz vor seiner Gefangennahme wichtige Änderungen an seiner Erfindung, dem "Universal Scamodification Device" (USD Machine), vorgenommen. Diese Modifikationen waren mit den Ereignissen auf der Erde verbunden und hatten einen tiefgreifenden Einfluss auf die sich entfaltende Erzählung.

Dr. Scorch versuchte, die USD-Maschine zu missbrauchen, um die menschliche Bevölkerung zu kontrollieren und die Zukunft der außerirdischen Rasse auf der Erde zu sichern. Sein unheimlicher Plan bestand darin, die Gedanken schwangerer Frauen auf der Erde zu manipulieren. Das Gerät hatte die Fähigkeit, die Entwicklung der nächsten Generation von Menschen zu beeinflussen und ihre Loyalität gegenüber den außerirdischen Invasoren zu gewährleisten.

Dr. Scorch war es jedoch nicht bekannt, dass Herr Cletus eine clevere Absicherung eingerichtet hatte. Er hatte die Maschine mit einem einzigartigen Sicherheitsmerkmal programmiert. Das Passwort zum Entsperren des Geräts bestand aus einer Abfolge von fünf Punkten und war unter der Bedingung kodiert, dass nur eine bestimmte Gruppe von Personen, die zusammenkamen, es entsperren konnte.

Cletus hatte diese Methode gewählt, um sicherzustellen, dass die Maschine nicht für schändliche Zwecke missbraucht werden konnte. Die fünf Personen, die die Maschine auslösen konnten, mussten einen bestimmten Satz von Merkmalen oder Markierungen unter ihrem Hals haben, wie durch die Modifikationen von Cletus bestimmt.

Im weiteren Verlauf der Geschichte erfuhr Eoan, eine der Schlüsselfiguren, von diesen Modifikationen von Broad. Eoan wurde damit beauftragt, die anderen vier Personen zu finden, die die einzigartigen Markierungen besaßen, und sie zusammenzubringen, um die USD-Maschine freizuschalten.

Broad, ein Charakter, der maßgeblich an der Bereitstellung dieser entscheidenden Informationen beteiligt war, betonte die Dringlichkeit der Aufgabe. Er betonte, dass sie nur noch 23 Tage Zeit hätten, um die Gruppe zu versammeln, und wenn sie scheiterten, warteten katastrophale Folgen auf sie. Das Überleben der Menschheit hing von ihrem Erfolg bei der Sammlung dieser Gruppe von fünf Personen ab

vor dem sich abzeichnenden Stichtag.

Eoans Entschlossenheit und Verantwortungsbewusstsein wurden durch Broads Worte entfacht, und er machte sich auf die Mission, die anderen Personen zu finden, die die USD-Maschine aktivieren könnten. Ein Gefühl der

Dringlichkeit und Absicht trieb ihn jetzt an, als er den Ernst der Situation verstand.

Diese Wendung der Ereignisse markierte einen kritischen Punkt in der Geschichte, an dem das Bestreben, die fünf Personen zu sammeln und die drohende Katastrophe zu verhindern, im Mittelpunkt stand. Eoans Reise, die Mitglieder dieser Gruppe zu finden und zu vereinen, zusammen mit dem einzigartigen Kommunikationsnetzwerk, das von Broad mit Ratten aufgebaut wurde, spielte eine entscheidende Rolle in dem sich entfaltenden Drama.

Im weiteren Verlauf der Erzählung wuchsen Spannung und Vorfreude und bildeten die Bühne für den Wettlauf gegen die Zeit und den Kampf um das Überleben der Menschheit auf der Erde.

Dr. Scorch saß in seiner grandiosen Kammer, die mit außerirdischen Artefakten und fortschrittlicher Technologie gefüllt war. Herr Cletus, jetzt inhaftiert, wurde vor ihn gebracht, seine Haltung strahlte Widerstandsfähigkeit aus. Scorchs Augen funkelten mit einer beunruhigenden Entschlossenheit.

Scorch: (grinst) „Cletus, du warst schon immer der Neugierige, nicht wahr? Neue Grenzen erkunden, diese faszinierenden Apparate erfinden. Es ist wirklich eine Schande, dass du deiner eigenen Art den Rücken gekehrt hast."

Cletus: (trotzig) "Ich habe der Zerstörung den Rücken gekehrt, Scorch. Das ist nicht der richtige Weg. Die Erde ist ein Wunder, ein Planet voller Leben, und

Menschen... sie sind eine unglaubliche Spezies. Sie verdienen es, zu gedeihen."

Versengen: (grinst) „Du bist sentimental geworden, Cletus. Stimmungen haben keinen Platz in unserer Mission. Die Erde ist nur eine weitere Ressource, ein weiteres Puzzleteil. Wir müssen die Dominanz unseres Volkes sicherstellen, und das bedeutet, die Macht dieses Planeten zu nutzen."

Cletus: (entschlossen) „Ich werde nicht Teil davon sein. Du hast mich vielleicht gefangen genommen, aber du wirst meine Entschlossenheit nicht brechen. Dafür habe ich gesorgt." Scorchs Stirn runzelte sich vor Misstrauen. Er beugte sich näher zu Cletus.

Scorch: „Wovon redest du? Was hast du getan?"

Cletus 'Augen glänzten mit einem Funken List.

Cletus: "Ich habe die USD-Maschine modifiziert, Scorch. Ich habe die Daten über die Erde versteckt, und nur eine Gruppe von fünf Personen mit bestimmten Markierungen kann darauf zugreifen."

Scorch: (verärgert) „Du Narr! Glaubst du, deine unbedeutenden Sicherheitsvorkehrungen werden mich aufhalten?"

Cletus: (lächelt) „Es geht nicht darum, dich aufzuhalten, Scorch. Es geht darum, sicherzustellen, dass die Geheimnisse der Erde geschützt bleiben. Du wirst sein Schicksal nicht kontrollieren können, solange diejenigen, die es wirklich schätzen, dir im Weg stehen können."

Scorch brannte vor Frustration, wusste aber, dass Cletus ihn überlistet hatte. Der Kampf um die Kontrolle über die Erde hatte eine unerwartete Wendung genommen, und das Schicksal des Planeten hing nun von der Sammlung derjenigen mit den einzigartigen Markierungen ab, wie es Cletus geplant hatte.

Dr. Scorch, dessen Gesicht vor Wut und Entschlossenheit verzerrt war, hatte Cletus außer Gefecht gesetzt. Er wollte ihn nicht nur zum Schweigen bringen; er wollte sicherstellen, dass Cletus sich nie wieder in seine Pläne einmischt.

Mit einer Handbewegung aktivierte Scorch eine Reihe fortschrittlicher außerirdischer Waffen, die ein schimmerndes Energiefeld ausstrahlten. Diese Waffen wurden entwickelt, um die Essenz der Seele eines Wesens zu manipulieren.

Versengung: (mit einem ominösen Ton) "Cletus, du bist zu einem Hindernis für unsere rechtmäßige Kontrolle über die Erde geworden. Ich werde nicht zulassen, dass dein Trotz anhält."

Cletus, der sich jetzt nicht mehr bewegen oder sprechen konnte, beobachtete hilflos entsetzt, wie das Energiefeld ihn umgab und allmählich seine Form umhüllte. Seine einst trotzigen Augen füllten sich mit Angst, als der Prozess weiterging.

Scorchs Untergebene traten schnell in Aktion und überführten Cletus in eine spezialisierte Eindämmungskammer, einen transparenten Tank, der mit einem unheimlichen, halbtransparenten Boden gefüllt war. Der Panzer wurde entwickelt, um Fluchtversuche oder die Kommunikation mit der Außenwelt einzuschränken. Scorch: (wendet sich an seine Anhänger) „Denken Sie daran, wir können nicht zulassen, dass uns jemand oder etwas im Weg steht. Hier geht es um die Zukunft unserer Art und unsere Dominanz über die Erde. Wenn sich jemand unserer Mission widersetzt, eliminiere ihn."

Scorchs Ankündigung sandte Schockwellen durch seine außerirdischen Streitkräfte. Sie standen nun unter dem strengen Befehl, jeden Widerstand zu beseitigen, egal wer es war.

Als sich die Geschichte entfaltete, verschärfte sich Scorchs Einfluss auf die Macht, und die einst geheimnisvolle Mission, die Erde zu kontrollieren, wurde immer rücksichtsloser. Das Schicksal der Erde und ihrer Bewohner stand auf dem Spiel, und ein Gefühl der Dringlichkeit durchdrang die Erzählung, als Scorchs rücksichtsloses Regime mit seinen gefährlichen Plänen vorankam.

Als Dr. Scorch am Abgrund stand, um seinen Traum zu verwirklichen, die Erde zu kontrollieren, ereignete sich eine bedeutsame Verschiebung. Er bereitete sich darauf vor, seinen großen Auftritt zu machen, in der Erwartung, die Erde reif für die Einnahme zu finden, aber was ihm begegnete, war jenseits seiner kühnsten Vorstellungskraft.

Zu seinem Erstaunen waren die Menschen nicht nur in ihren normalen Zustand zurückgekehrt, sondern hatten auch ihre Weisheit und Einheit, ähnlich wie ihre Vorfahren, wiedererlangt. Diese Transformation war eine kollektive Anstrengung, ein Beweis für die Widerstandsfähigkeit des menschlichen Geistes. Überall auf der Welt herrschte ein tiefes Gefühl der Dankbarkeit, als jeder Einzelne seine wiedergewonnene Freiheit feierte. Die Gruppe bestehend aus Broad, Ken, Eoan, Rithi, Aplade, Tyro und Hybris schwelgte in ihrem Erfolg. Sie hatten nicht nur ihre eigene Freiheit gesichert, sondern auch den gesamten Planeten vor Dr. Scorchs bösartigen Plänen gerettet.

Einer von Scorchs Assistenten, der sich der monumentalen Verschiebung zugunsten der Menschheit bewusst war, überbrachte seinem Oberherrn die schockierende Nachricht.

Assistent: (mit Beklommenheit) „Es ist jetzt fast unmöglich, die Menschen zu bekämpfen. Sie haben nicht nur ihre technologischen Fähigkeiten wiedererlangt, sondern auch Einigkeit unter sich gefunden."

Obwohl Dr. Scorch verblüfft war, weigerte er sich, die Niederlage zu akzeptieren. Sein unerbittlicher Ehrgeiz trieb ihn dazu, seine Pläne fortzusetzen, auch wenn dies den Rückgriff auf heimtückische Methoden bedeutete.

Scorch: (entschlossen) „Es ist noch nicht vorbei. Ich habe die Saat der Negativität in ihre Köpfe gesät. Während sie jetzt vereint und gut erscheinen mögen, sind diese dunklen impulse werden von Zeit zu Zeit wieder auftauchen."

Um seinen Standpunkt zu verdeutlichen, enthüllte Scorch ein ungewöhnliches Gerät, den Embryonalanalysator. "Diese Maschine hatte zwei Säulen, eine in Grün und die andere in Rot. Die grüne Säule füllte sich mit jeder guten Tat, die ein Mensch tat, während sich die rote mit jeder schlechten Tat füllte.

Scorch: "Sie mögen gute Dinge tun, aber sie werden immer noch von ihren negativen Tendenzen geplagt. Wenn das Rot an seine Grenzen stößt, wird die menschliche Einheit zerbröckeln und ihre Existenz wird in Gefahr sein."

Mit dieser ahnungsvollen Erklärung ging der Kampf um das Schicksal der Erde weiter, und die Grenze zwischen Sieg und Niederlage blieb gefährlich dünn. Das Ende der Geschichte war alles andere als sicher, und das Schicksal der Menschheit lag auf der Messerschneide.

Inmitten des hochrangigen Kampfes zwischen Dr. Scorch und den entschlossenen Menschen hatte Mr. Cletus eine eigene Geheimwaffe. Es war eine Erfindung, die es ihm ermöglichte, seine Gedanken, Ideen und kritischen Daten als komplizierte Muster und Frequenzen zu übermitteln. Diese Technologie war seine letzte Hoffnung, die unschätzbaren Informationen über die Geheimnisse der Erde zu schützen, da Scorch seine USD-Maschine in Besitz genommen hatte.

Es gab jedoch eine kritische Herausforderung - nur die jetzt gesteuerte Maschine Scorch konnte diese komplizierten Muster entschlüsseln. Es war ein hochriskantes Katz-und-Maus-Spiel zwischen den beiden ehemaligen Verbündeten, bei dem die Zukunft der Erde auf dem Spiel stand.

Cletus 'treue Freunde, denen es gelungen war, aus Scorchs Klauen zu entkommen, begaben sich auf eine eigene gewagte Reise. Mit der Fähigkeit, unter Wasser zu atmen, stürzten sie sich in die Tiefen des Ozeans, weit entfernt von Scorchs bedrohlicher Basis. Dort, im geheimnisvollen Abgrund, arbeiteten sie unermüdlich daran, eine versteckte außerirdische Basis zu errichten.

Dieses Unterwasserreservat, das in den dunkelsten Winkeln des Ozeans verborgen ist, würde als sicherer Hafen für diejenigen dienen, die sich Scorchs bösartigen Entwürfen widersetzten. Die Basis war mit fortschrittlicher Technologie und gehüteten Geheimnissen ausgestattet, die letztendlich im Kampf gegen Scorchs Tyrannei helfen würden.

In der Zwischenzeit stiegen Bubba und Tyro auf der Suche nach ihrer eigenen Mission tief in den Ozean hinab. Ohne dass sie es wussten, befanden sie sich auf einer Reise, die sie zu der außerirdischen Basis bringen würde, einem Zufluchtsort des Wissens und der Hoffnung, der unter den Wellen verborgen war.

Ihre Reise war nicht nur eine physische, sondern eine Reise in das Herz der Geheimnisse der Erde. Die Tiefen des Ozeans enthielten ihre eigenen

Geheimnisse, und die Tiefseewelt war ein Wunderreich, das in Mystik gehüllt war. Bubbas und Tyros Suche würde sie zu Enthüllungen über die verborgene Geschichte der Erde und ihre außergewöhnlichen Verteidiger führen. Als sie sich tiefer in den Abgrund wagten, wurden sie unwissentlich zur außerirdischen Basis hingezogen, wo sich die Kräfte des Guten versammelten, um sich auf einen letzten Kampf gegen Dr. Scorch vorzubereiten. Die Bühne war für einen großen Showdown unter den Wellen bereitet, bei dem das Schicksal der Erde ein für alle Mal entschieden werden sollte.

In der sich entfaltenden Geschichte tauchte ein faszinierendes und kritisches Detail auf: der starke Kontrast in der Lebensdauer zwischen Menschen und Außerirdischen. Dieses einzigartige Merkmal würde zu einem entscheidenden Faktor in der Erzählung werden und eine erhebliche Alters- und Erfahrungslücke zwischen den beiden Arten schaffen. Für den Menschen war das Leben auf der Erde kurz und flüchtig, mit einer durchschnittlichen Lebensdauer von etwa 70 bis 100 Jahren. Ein Mensch konnte bestenfalls ein Jahrhundert leben, und sein Leben war vom schnellen Lauf der Zeit geprägt.

Im krassen Gegensatz dazu besaßen die Außerirdischen das außergewöhnliche Geschenk der Langlebigkeit. Ein bloß 10-jähriger Außerirdischer könnte das Äquivalent eines 100-jährigen Menschen sein. Diese starke Ungleichheit in der Lebensdauer führte zu tiefgreifenden Unterschieden in Perspektive und Erfahrung. Aliens beobachteten die Welt mit jahrhundertelanger angesammelter Weisheit, während Menschen das Leben mit der Dringlichkeit eines flüchtigen Moments erlebten.

Diese Divergenz in der Wahrnehmung von Zeit und dem Wert jedes Moments würde eine bedeutende Rolle bei den sich entfaltenden Ereignissen spielen. Die uralte Weisheit der Außerirdischen, die durch jahrhundertelange Erfahrung gemildert wurde, würde gegen die Lebendigkeit und Widerstandsfähigkeit der Menschheit mit ihrer Entschlossenheit, ihre Welt zu schützen, antreten.

Die Geschichte würde weiterhin die Folgen dieser Alterslücke untersuchen und untersuchen, wie sie Entscheidungen, Perspektiven und die Fähigkeit, sich an die sich ständig ändernden Herausforderungen anzupassen, beeinflusst hat. Die Gegenüberstellung von menschlicher Vergänglichkeit und außerirdischer Langlebigkeit würde der Erzählung Tiefe und Komplexität verleihen und die gegensätzlichen Stärken und Schwachstellen der beiden Arten beleuchten.

"LICHTER IN DER TIEFE"

Als das Tauchboot durch die stillen Tiefen des Ozeans glitt, konnte Bubba nicht anders, als einen faszinierenden Anblick in der Ferne zu bemerken. Er klopfte auf Tyros Schulter und zeigte auf das ätherische Leuchten der Neonfarben, die inmitten der Dunkelheit tanzten.

"Tyro, was ist das für ein schöner Ort da drüben?" Fragte Bubba, seine Stimme war voller Staunen.

Tyro spähte durch das Fenster des Tauchbootes und folgte Bubbas ausgestrecktem Finger zum neonbeleuchteten Spektakel. Ein wissendes Lächeln spielte auf seinen Lippen. "Das, mein Freund, ist die Alien-Basis. Es ist nicht wie an jedem anderen Ort auf der Erde."

Bubbas Augen weiteten sich, wie Tyro erklärte. „Sehen Sie, die Aliens können unter Wasser genauso leicht atmen wie an Land. Sie haben eine massive Luftblase unter einer kolossalen Felsstruktur geschaffen. Diese Basis gibt ihnen einen einzigartigen Vorteil, der es ihnen ermöglicht, die Ressourcen des Ozeans und des Landes zu nutzen."

Als sie sich der Basis näherten, wurde das Ausmaß der Operation deutlich. Die Felsformation schien fast wie eine natürliche Insel zu sein und tarnte die fortschrittliche Technologie, die darunter verborgen lag. Die Neonlichter dienten nicht nur der Ästhetik, sie dienten auch als Leuchtfeuer, um die Lage dieses außergewöhnlichen Unterwasserreservats zu markieren.

Tyro fuhr fort: "Dies ist der einzige Ort auf der Erde, der möglicherweise gegen Dr. Scorch und jeden Krieg, der zwischen Menschen und Außerirdischen entstehen könnte, bestehen könnte. Die Verschmelzung von Land- und Meeresressourcen macht es zu einer beeindruckenden Hochburg."

Bubba nickte und erkannte die strategische Bedeutung der Alien-Basis. Als sie sich dem Eingang näherten, konnte er nicht anders, als eine Mischung aus Aufregung und Beklommenheit zu spüren. Welche Geheimnisse und Herausforderungen erwarteten sie an diesem rätselhaften Ort?

Das Tauchboot stieg in die Luftblase hinab und sie landeten, begrüßt von außerirdischen Kreaturen, die ihren Geschäften nachgingen. Die surreale Mischung aus Wasser- und Landleben war ein Beweis für den Einfallsreichtum dieser Wesen. Bubba und Tyro waren im Begriff, sich auf eine Reise zu begeben, die nicht nur die Geheimnisse der Alien-Basis aufdecken, sondern auch den Schlüssel zur Zukunft der Menschheit enthalten würde.

Mit jedem Schritt, den sie in diese bemerkenswerte Unterwasserwelt unternahmen, spürten Bubba und Tyro das Gewicht ihrer Mission und die damit verbundene Verantwortung. Das Schicksal der Erde und ihrer Bewohner ruhte nun auf ihren Schultern, als sie tiefer in die Lichter in der Tiefe eintauchten.

Im Inneren der Alien-Basis stiegen Bubba und Tyro aus ihrem Tauchboot aus und waren sofort von seltsamen, fremdartigen Kreaturen umgeben. Die Kreaturen hatten einen Hauch von Vertrautheit mit ihnen, was Bubba verwirrte. Er war noch nie zuvor an diesem Ort gewesen, also wie schienen sie ihn zu kennen?

Als Bubba die Kreaturen genauer beobachtete, bemerkte er einige eigenartige Darstellungen an den Wänden. Diese Displays zeigten Bilder seiner Mutter Nerissa an einem entfernten Ort, ihren aktuellen Gesundheitszustand und sogar Live-Aufnahmen von ihr. In einer Ausstellung sah er seinen Vater zusammen mit anderen Verwandten mit einer jüngeren Version von sich spielen. Es war, als hätten sie ihn und seine Familie schon lange ausspioniert.

Bubba traute seinen Augen nicht. »Wie ist das möglich?«, murmelte er und spürte eine Welle von Schock und Verwirrung. Er wandte sich an Tyro, der einen ernsten Gesichtsausdruck hatte.

Tyro winkte Bubba zu folgen, als die außerirdischen Kreaturen sie tiefer in eine höhlenartige Struktur innerhalb der Basis führten. Bubba hatte eine Million Fragen im Kopf, aber er konnte keine einzige stellen. Die surreale Natur der Situation ließ ihn verblüfft zurück.

Als sie die Höhle betraten, schienen die Wände mit holografischen Projektionen lebendig zu werden, die die Geschichte ihrer Interaktionen mit Bubbas Familie im Laufe der Jahre zeigten. Die Außerirdischen hatten Bubba und seine Familie seit Generationen beobachtet und studiert, und sie hatten ein tiefes Verständnis für menschliches Verhalten und Biologie.

Bubbas Schock begann sich in eine Mischung aus Neugier und Besorgnis zu verwandeln. Was war der Zweck dieser Überwachung? Warum interessierten sie sich so für seine Familie und was wollten sie jetzt von ihm? Mit jedem Schritt tiefer in die außerirdische Basis hinein wuchsen die Geheimnisse und Fragen, und Bubba war entschlossen, Antworten zu finden.

Bubba beobachtete die holografische Darstellung, völlig vertieft in die fesselnde Geschichte, die sich vor ihm entfaltete. Die Projektion erzählte die Geschichte eines Weltraumreisenden, Mr. Cletus, der auf einem neuen Planeten, der Erde, abgestürzt war. Als er aus seinem Raumschiff trat und die Oberfläche des fremden Planeten berührte, erfüllte ihn ein Gefühl des Staunens und der Aufregung.

Die Ausstellung zeigte anschaulich die Erfahrung von Herrn Cletus mit der Schwerkraft der Erde, seine Faszination für die unbekannte Welt und seine ersten Begegnungen mit den Bewohnern des Planeten. Bubba konnte nicht anders, als ein Gefühl der Verbundenheit mit der Reise dieses Fremden zu spüren, obwohl sie in der fernen Vergangenheit stattfand.

Während das Hologramm weiterging, wurde Bubba Zeuge, wie Herr Cletus die Kreaturen der Erde, einschließlich der Menschen, aus der Ferne beobachtete. Das Display zeigte Herrn Cletus 'Mischung aus Neugier und Beklommenheit, als er sich hinter einem Baum versteckte und mehr über diese

menschen.

Bubbas Neugier wuchs, als er die holografische Geschichte weiter beobachtete. Etwas in seinem Hinterkopf fühlte sich seltsam vertraut an, aber er konnte es nicht ganz platzieren. Er ahnte nicht, dass die Wurzeln dieser Verbindung viel tiefer lagen, als er es sich hätte vorstellen können.

Das Hologramm beschrieb dann die Versuche von Herrn Cletus, Proben von menschlichen Körpern für seine Experimente zu sammeln. Was Bubba noch nicht wusste, war, dass die allererste menschliche Probe, die jemals gesammelt wurde, die seiner Großeltern war. Herr Cletus hatte sich sehr für Bubbas Familie interessiert, und er hatte sie fast 30 Jahre lang auf der Erde überwacht, was für Herrn Cletus und seine Freunde nur ein paar Monate betrug.

Ohne Bubba zu wissen, war Tyro, der sich erst vor wenigen Augenblicken um eine dringende Angelegenheit gekümmert hatte, der Sohn von Herrn Cletus. Er hatte die Aufgabe übernommen, über

Bubba und seine Familie zu wachen und dafür zu sorgen, dass sie sicher und gesund blieben. Ihre Verbindung zur Menschheit war tief. Als Bubba die holografische Geschichte beobachtete, näherte sich ihm eine seltsame außerirdische Kreatur. Die Kreatur sah bemerkenswert wie Tyro aus, aber sie war anders genug, um sich der Anerkennung zu entziehen. Es sprach beiläufig mit Bubba, der seine wahre Identität nicht erkennen konnte.

Erst nach ein paar Augenblicken dämmerte Bubba die Erkenntnis, und er starrte erstaunt. "Tyro? Bist du das wirklich?«, fragte er erstaunt mit weit aufgerissenen Augen.

Tyro nickte in seiner fremden Form. »Ja, Bubba. Ich kann mich in jede Form verwandeln, die ich wähle. Es ist Teil unserer Fähigkeiten."

Bubba war erstaunt über die Offenbarung. Das komplizierte Netz der Verbindungen und die tiefe Geschichte zwischen den Außerirdischen und seiner Familie ließen ihn in Ehrfurcht erstarren. Die Geheimnisse um diesen Ort, sein eigenes Erbe und die Rolle, die er bei diesen sich entfaltenden Ereignissen spielen sollte, waren noch komplexer und faszinierender geworden.

Als Bubba unter der Leitung von Tyro durch die Alien-Basis ging, wuchs sein Erstaunen weiter. Die Basis war ein Zentrum der Aktivität, in dem Menschen und Außerirdische in Harmonie zusammenarbeiteten. Hier erhielten die Bewohner der Erde von ihren außerirdischen Verbündeten

Ausbildung und Wissen, um den Planeten voranzubringen und zu schützen.

Bubba konnte nicht glauben, was er sah. Die Menschen in der Basis durchliefen verschiedene Formen des Trainings und lernten von ihren außerirdischen Kollegen. Die Szenen waren ein Beweis für die kollektiven Bemühungen, die Erde zu schützen. Nicht nur Menschen wurden vorbereitet, sondern auch Meerestiere, von den kleinsten bis zu den größten, erhielten Anweisungen.

Als Bubba eine Gruppe von Menschen beobachtete, die mit Delfinen zusammenarbeiteten, konnte er nicht anders, als sich ihnen zu nähern. Die Delfine schienen die menschlichen Gesten und Befehle zu verstehen und arbeiteten in perfekter Harmonie zusammen. Bubba begann ein Gespräch mit einem der Menschen, die an diesem einzigartigen Trainingsprogramm beteiligt waren.

"Wow", rief Bubba, "das ist unglaublich! Ich hätte nie gedacht, dass wir so mit Delfinen kommunizieren könnten. Wie funktioniert das?"

Der Mensch, eine Meeresbiologin namens Sarah, lächelte und antwortete: "Es ist eine Mischung aus Technologie und dem Verständnis der Außerirdischen für das Meeresleben. Wir verwenden Geräte, die helfen, unsere Signale in etwas zu übersetzen, das Delfine verstehen können. Mit ihrer Intelligenz und Zusammenarbeit machen wir erstaunliche Fortschritte bei der Überbrückung der Kluft zwischen unserer Spezies."

Bubba nickte ehrfürchtig. Es war offensichtlich, dass diese Zusammenarbeit nicht nur für die Verteidigung der Erde von Vorteil war, sondern auch für die Förderung einer tieferen Verbindung zwischen den Menschen und den Kreaturen, mit denen sie den Planeten teilten.

Während sie ihre Tour fortsetzten, konnte Bubba nicht anders, als ein tiefes Gefühl der Hoffnung und des Optimismus zu verspüren. Die Basis war ein Beweis für die Kraft der Zusammenarbeit und des Wissensaustauschs, und die hier geleistete Arbeit war ein Leuchtfeuer des Fortschritts und der Vorbereitung auf die Zukunft.

Bubba wandte sich an Tyro, der die Szene schweigend beobachtet hatte. „Das ist fantastisch, Tyro. Aber warum hast du mich hierher gebracht? Was ist meine Rolle in all dem?"

Tyro betrachtete Bubba mit einem wissenden Blick. "Wir haben dich hierher gebracht, Bubba, weil du eine Brücke zwischen unseren beiden Welten bist. Deine einzigartige Verbindung mit der Menschheit und deine Intelligenz machen dich zu einem wichtigen Teil unserer Bemühungen, die Erde zu schützen. Es gibt eine Rolle, die nur du spielen kannst, und es ist Zeit, dass wir anfangen, dich darauf vorzubereiten."

Bubbas Augen weiteten sich, als er sich einer Gruppe von Menschen näherte, die damit beschäftigt waren, prächtige Wasserdrachen und Wale zu trainieren. Einer der Trainer, eine Frau mit einem warmen und freundlichen Auftreten, bemerkte Bubbas Neugier und begrüßte ihn mit einem Lächeln. Ihr Name war Dr. Olivia Finch, eine Meeresbiologin, die sich dem Verständnis der komplexen Beziehung zwischen Menschen und diesen majestätischen Meerestieren widmete.

Bubba konnte sein Staunen und seine Begeisterung nicht zurückhalten. „Dr. Finch, das ist erstaunlich! Ich habe noch nie Menschen und Meerestiere gesehen, die so zusammenarbeiten. Wie bist du hier an diesem bemerkenswerten Ort gelandet?"

Dr. Finchs Augen funkelten, als sie ihre Geschichte erzählte. "Es ist eine ziemliche Reise, Bubba. Alles begann, als Dr. Scorch das Universal Scamodification Device initiierte. Viele Menschen, auch ich, waren davon betroffen. Aber einige von uns haben es geschafft,

eine Möglichkeit, seinen vollen Effekten zu widerstehen."

Bubba runzelte die Stirn. "Widerstehen? Wie?"

Dr. Finch beugte sich vor, ihre Stimme war voller Entschlossenheit. "Wir entdeckten, dass wir durch das Wissen und die Hilfe unserer außerirdischen Freunde unseren Widerstand gegen das Scamodification-Gerät aufbauen konnten. Sie haben uns fortschrittliche Techniken und Behandlungen zur Verfügung gestellt, um ihren Auswirkungen entgegenzuwirken."

Bubbas Neugier vertiefte sich. "Also, deshalb bist du hier. Ihr habt einen Weg gefunden, euch vor Dr. Scorchs Geräten zu schützen."

Dr. Finch nickte. »Genau. Wir sind zu einer Hochburg des Widerstands geworden, zu einem Ort, an dem wir uns und andere auf die kommenden Herausforderungen vorbereiten können. Unsere Allianz mit den Außerirdischen war bei diesem Unterfangen von unschätzbarem Wert. Und jetzt bist du ein Teil davon, Bubba. Du hast den Schlüssel zu noch größeren Möglichkeiten."

Bubba war von den Enthüllungen überrascht. Es war klar, dass die Alien-Basis nicht nur ein Zufluchtsort, sondern auch ein Zentrum des Widerstands gegen Dr. Scorchs repressive Technologie war. Die Menschen hier hatten einen Weg gefunden, sich zu schützen, und Bubbas Rolle in diesem großen Plan wurde immer klarer.

Mit neuem Ziel und Entschlossenheit erkannte Bubba, dass es bei seiner Reise nicht nur ums Überleben ging, sondern darum, die Anklage gegen die drohende Bedrohung zu führen. Er wandte sich an Tyro, bereit, seine Rolle in diesem epischen Kampf zum Schutz der Menschheit und der Erde zu übernehmen.

Bubbas Gedanken rasten, als er sich an die Ereignisse erinnerte, die ihn zu diesem Moment geführt hatten. Die Aktivierung des Computers in Broad's Lab, die Deaktivierung der USD-Maschine und das anschließende Verschwinden ihrer Auswirkungen auf den Menschen hatten einen Wendepunkt herbeigeführt. Die Erinnerungen an seine frühere Identität als Hybris und seine Verbindung zu der Mission, an der die Black Dots beteiligt waren, kehrten zurück.

Aber Bubba hatte etwas Dringenderes im Kopf. Er hatte den dringenden Wunsch, Cletus zu finden. Der rätselhafte Wissenschaftler hatte eine entscheidende Rolle bei seiner Transformation von Hybris zu Bubba gespielt, und Bubba fühlte eine tiefe Verbindung zu ihm. Er konnte das Gefühl nicht loswerden, dass Cletus irgendwo in der Alien-Basis sein könnte.

Als Bubba über diese Gedanken nachdachte, landete ein seltsames Insekt auf seinem Hals und lieferte einen scharfen Biss. Zuerst zuckte er vor Schmerzen zusammen, aber dann erkannte er, dass dieser Biss einen Zweck hatte. Mit dem dritten Biss erlebte er einen plötzlichen Ansturm von Erinnerungen, die ihm zuvor entgangen waren.

Die Erinnerungen strömten wie ein Strom herein und enthüllten die verborgenen Schichten seiner Vergangenheit und seiner Rolle als Hybris. Er erinnerte sich an den Tempel, in dem er Tyro zum ersten Mal getroffen hatte, an die komplexe Mission mit den Schwarzen Punkten und daran, wie wichtig es ist, Cletus zu finden.

Entschlossen, Antworten zu finden und sich wieder mit seiner Vergangenheit zu verbinden, wandte sich Bubba an Tyro. "Tyro, ich muss Cletus finden. Ich erinnere mich jetzt, dass er ein entscheidender Teil von all dem ist. Kannst du mir helfen, ihn zu finden? Ich habe Fragen, die nur er beantworten kann."

Bubba bemerkte die Emotionen in Tyros Augen, als sie darüber diskutierten, Cletus zu finden. Er sah eine tiefe Traurigkeit in seinem Freund und konnte nicht anders, als sanft zu fragen: „Tyro, was ist los? Du wirkst wirklich emotional. Gibt es

etwas, das du mir nicht sagst?"

Tyro seufzte schwer und begann sich über seinen Vater zu öffnen. "Bubba, du hast mich gerade an etwas erinnert, das ich vergessen wollte. Mein Vater, Dr. Cletus, war ein brillanter Wissenschaftler, und er ist derjenige, der die Verbindung zwischen dem unsichtbaren Boden in der Röhre und dieser Alien-Basis entdeckt hat."

Bubba spürte den Schmerz in Tyros Stimme und legte eine beruhigende Hand auf seine Schulter. „Ich bin für dich da, Tyro. Du musst das nicht alleine durchmachen. Erzähle mir mehr über deinen Vater."

Tyro fuhr fort: „Dr. Scorch hat meinen Vater gefangen genommen und hält ihn seit langem in Gewahrsam. Es ist nicht nur Gefangenschaft; Cletus wird benutzt, um den unsichtbaren Boden zu manipulieren, der wiederum eine Verbindung zu dieser Basis hat. Er ist in einem schrecklichen Zustand, Bubba. Er leidet seit Jahren."

Bubba fühlte eine Mischung aus Trauer und Entschlossenheit. „Wir müssen ihn retten, Tyro. Wir können nicht zulassen, dass Dr. Scorch deinen Vater weiterhin auf diese Weise benutzt. Ich verspreche dir, wir werden einen Weg finden, ihn zu befreien."

Tränen flossen in Tyros Augen, als er Bubba dankbar ansah. „Danke, Bubba. Du bist ein wahrer Freund. Lasst uns zusammenarbeiten, um meinen Vater zu retten und die Wahrheit über die Black-Dots-Mission aufzudecken."

Als sie diesen feierlichen Moment teilten, schmiedeten Bubba und Tyro eine unzerbrechliche Verbindung, entschlossen, Dr. Cletus zu retten und dem durch Dr. Scorchs grausame Manipulation verursachten Leid ein Ende zu setzen.

Der Alarm in der Alien-Basis ertönte laut, sein dringendes Jammern durchbohrte die Luft. Menschen und Kreaturen aller Art, Menschen, Meerestiere und Außerirdische, sprinteten zum Ufer. Bubba und Tyro schlossen sich dem Ansturm der Aufregung und Angst an, nicht ganz sicher, was dieses bedeutsame Ereignis ausgelöst hatte.

Als sie das Ufer erreichten, füllten sich ihre Augen mit Staunen und Tränen, als sie den unglaublichen Anblick vor sich erblickten. Eine Gruppe von Menschen und Außerirdischen kehrte von einer Mission zurück, und mit ihnen trugen sie die kostbare Röhre, die Dr. Cletus hielt. Die gesamte Basis brach in jubelndem Jubel, fröhlichen Schreien und ausgelassenem Applaus aus. Es war ein Moment der Einheit und des Feierns, der Grenzen und Arten überschritt.

Bubba wandte sich an Tyro, dessen Augen vor Emotionen glitzerten. "Tyro, das ist unglaublich! Schau dir das Glück in den Gesichtern aller an. Dein Vater kommt zurück, und das alles wegen der Zusammenarbeit zwischen Menschen und Außerirdischen."

Tyros Stimme zitterte vor Emotionen, als er antwortete: „Bubba, ich kann nicht glauben, dass das passiert. Mein Vater Cletus leidet schon so lange. Es sind die Menschen hier, die Menschen und Aliens, die zusammenarbeiten, die diese Rettung möglich gemacht haben. Sie sind wahre Helden."

Der Jubel setzte sich um sie herum fort, als sich die Gruppe näherte und die Röhre mit Dr. Cletus trug. Mit sorgfältiger Präzision und mit Hilfe fortschrittlicher Technologie begannen sie, ihn wiederzubeleben. Bubba und Tyro beobachteten mit angehaltenem Atem, wie das Gewicht des Moments auf sie drückte.

Als Cletus 'Körper anfing, Lebenszeichen zu zeigen, konnte Tyro seine Tränen nicht zurückhalten. Er drehte sich zu Bubba um, seine Stimme erstickte vor Emotionen. "Bubba, das ist der Tag, von dem ich dachte, dass ich ihn nie sehen würde. Mein Vater kommt zu uns zurück. Danke, dass du bei all dem hier bei mir bist. Ich kann nicht ausdrücken, wie viel es mir bedeutet."

Bubba lächelte durch seine eigenen Tränen und legte eine Hand auf Tyros Schulter. „Tyro, wir stecken da zusammen drin. Die Rückkehr deines Vaters ist ein

Beweis für die Kraft der Zusammenarbeit und die Widerstandsfähigkeit des menschlichen Geistes. Lasst uns da sein, um ihn wieder willkommen zu heißen und diesen unglaublichen Moment zu feiern."

Und als Dr. Cletus seinen ersten Atemzug seit Jahren nahm, ertönte die Basis mit dem Jubel und Applaus von Menschen, Außerirdischen und Meerestieren gleichermaßen. Es war ein Moment des Triumphs, ein Symbol der Einheit und eine Erinnerung daran, dass sie zusammen jede Herausforderung meistern konnten, egal wie beeindruckend sie war.

Als die Gruppe mit dem immer noch bewusstlosen Dr. Cletus zur Basis zurückkehrte, war die feierliche Atmosphäre spürbar, aber es gab noch einen entscheidenden Schritt in dem Prozess seiner Wiederbelebung. Die Röhre, die Cletus hielt, konnte nur mit Hilfe von Bubba und dem Herzen des Ozeans, dem

kristall, den er sorgfältig in seiner Tasche aufbewahrt hatte.

Unter dem Jubel und Applaus atmete Bubba tief durch und sein Herz klopfte vor Vorfreude. Er griff in seine Tasche und holte das glitzernde Herz des Ozeans zurück. Der Kristall schien mit einem eigenen Leben zu pulsieren, als ob er die bedeutsame Aufgabe spürte.

Bubba näherte sich der Röhre, Tyro und die versammelte Menge sahen mit Hoffnung und Glauben zu. Mit ruhiger Hand berührte er das Herz des Ozeans an der Oberfläche der Röhre. Der Kristall strahlte ein weiches, ätherisches Leuchten aus, als er sich mit der fortschrittlichen Technologie der Röhre verband.

Die Röhre begann zu zischen, ihre Mechanismen öffneten sich mit Präzision. Langsam und mit großer Sorgfalt hob sich der Deckel der Tube und enthüllte die noch unbewusste Form von Dr. Cletus. Es war ein Moment der kollektiven Erleichterung, und die Basis verfiel in eine ehrfürchtige Stille, als sie auf das Erwachen des Wissenschaftlers warteten, der den Schlüssel zu so vielen Geheimnissen hielt.

Cletus 'Atmung blieb ruhig, aber er hatte das Bewusstsein noch nicht wiedererlangt. Die Bewohner der Basis hielten den Atem an und hofften auf das, was die Zukunft bringen würde, nachdem er aus den Fängen von Dr. Scorch befreit worden war.

Dr. Cletus, ein brillanter Wissenschaftler und Erfinder, hatte eine bahnbrechende Technologie entwickelt, die als "Thoughtter" bekannt ist. Der Name "Thoughtter" war eine Kombination aus "Gedanken" und "Plotter" und bedeutete seine einzigartige Fähigkeit, die komplizierten Muster des menschlichen Denkens in eine greifbare und verständliche Form zu übersetzen.

Der Thoughtter war nicht nur eine Maschine; er war ein Wunderwerk des Einfallsreichtums. Es könnte die von Dr. Cletus 'Gedanken erzeugten Frequenzen abfangen und aufzeichnen, die komplexen Muster sammeln und in ein visuelles oder akustisches Format kodieren. Diese Technologie eröffnete beispiellose Möglichkeiten für den Austausch von Wissen und Ideen zwischen Menschen und Außerirdischen, da sie die Kommunikationslücke schließen konnte, indem sie direkt die innersten Gedanken eines Individuums anzapfte.

Die Rettung von Dr. Cletus aus den Klauen von Dr. Scorch war eine gewaltige Aufgabe gewesen, die die engagierten Bemühungen von Menschen und Außerirdischen beinhaltete. Die Allianz zwischen diesen beiden Arten wurde durch ihr gemeinsames Engagement, Cletus in die Welt zurückzubringen, von der er so lange getrennt war, weiter gefestigt.

Der Denker war nicht nur ein Symbol für Dr. Cletus 'bemerkenswerten Intellekt, sondern auch ein Leuchtfeuer der Hoffnung. Seine potenziellen Anwendungen waren grenzenlos, und mit der Rückkehr des Wissenschaftlers konnten die gemeinsamen Bemühungen von Menschen und Außerirdischen fortgesetzt werden, wobei der Thoughtter als Brücke zum Verständnis und zum gemeinsamen Fortschritt diente.

Als Dr. Cletus in seinem unbewussten Zustand blieb, wussten die Basisbewohner, dass der Erfinder des Denkers den Schlüssel zur Erschließung neuer Grenzen des Wissens, des Verständnisses und der Zusammenarbeit innehatte. Sie waren entschlossen, ihn wieder gesund zu pflegen und das Wiedersehen zu feiern, das zu einer besseren Zukunft für alle führen würde.

"BUBBAS LETZTES GEFECHT"

Im Labor kauerten sich zwei Ärzte, Dr. Marcus Grayson und Dr. Eleanor Wells, über den bewusstlosen Körper von Cletus. Sie hatten versucht, ihn wiederzubeleben, aber sein Zustand blieb kritisch. Der Raum war voller Dringlichkeit, da sie wussten, dass die Zeit knapp wurde.

Dr. Grayson, ein von Ehrgeiz und Macht getriebener Wissenschaftler, wandte sich mit frustrierter Stimme an Dr. Wells. "Dr. Wells, wir haben alles versucht, um ihn aufzuwecken, aber nichts scheint zu funktionieren. Wir müssen eine Lösung finden, und zwar schnell. Das Wissen von Cletus ist für unsere Forschung von entscheidender Bedeutung."

Dr. Wells, der ein tiefes Verständnis für die Verbindung zwischen Bubba und Cletus hatte, antwortete entschlossen: „Ich habe nachgedacht, Dr. Grayson. Es könnte eine Möglichkeit geben, Cletus wiederzubeleben, aber es geht darum, Bubbas Blutprobe zu verwenden. Wir wissen, dass die beiden eine einzigartige Verbindung haben." Dr. Grayson runzelte die Stirn, skeptisch, aber fasziniert. "Bubbas Blutprobe? Wie kann das helfen?"

Dr. Wells erklärte: "Bubbas Transformation war mit Cletus 'Forschung verbunden, und ihre Verbindung ist stärker, als wir angenommen haben. Wenn wir

Cletus mit Bubbas Blut infundieren, könnte das sein System in Schwung bringen. Aber wir müssen schnell handeln."

Dr. Grayson zögerte, hin- und hergerissen zwischen seinem Machtwunsch und der Dringlichkeit der Situation. Nach einem Moment der Kontemplation nickte er. "Nun gut, lassen Sie uns mit Ihrem Plan fortfahren. Wir können es uns nicht leisten, Cletus zu verlieren. Er ist der Schlüssel, um das volle Potenzial unserer Forschung zu erschließen."

Die beiden Ärzte bereiteten sich schnell darauf vor, eine Probe von Bubbas Blut zu entnehmen. Sie wussten, dass dieses verzweifelte Glücksspiel der einzige Weg sein könnte, Cletus zu retten und sein Wissen für ihren eigenen Vorteil zu nutzen. Aber sie ahnten nicht, dass ihre Handlungen eine Kette von Ereignissen in Gang setzen würden, die die Grundlage ihrer Mission in Frage stellen und eine Abrechnung herbeiführen würden, die den Verlauf ihres Schicksals verändern würde.

Als sich Dr. Marcus Grayson und Dr. Eleanor Wells eilig darauf vorbereiteten, eine Probe von Bubbas Blut zu erhalten, lastete die Dringlichkeit der Situation schwer auf ihren Köpfen. Cletus 'Körper lag in der offenen Röhre und war dem unsichtbaren Boden ausgesetzt, der ihn jahrelang getragen hatte. Der transparente Boden begann sein Potenzial zu verlieren, und ein wachsendes Gefühl der Dringlichkeit erfüllte den Raum.

Dr. Wells 'Stimme war besorgt, als sie erklärte: „Dr. Grayson, wir haben nicht viel Zeit. Der unsichtbare Boden verliert jetzt, da die Röhre geöffnet ist, seine Eigenschaften. Sobald es vollständig undurchsichtig wird, wird es felsenfest und schluckt Cletus 'Körper dauerhaft."

Dr. Grayson nickte und erkannte den Ernst der Situation. „Wir müssen also schnell handeln. Bubbas Blut könnte die einzige Möglichkeit sein, Cletus wiederzubeleben und den Verlust seines wertvollen Wissens zu verhindern."

Mit einem Gefühl der Entschlossenheit extrahierten sie sorgfältig eine Probe von Bubbas Blut und begannen damit, es in Cletus 'System zu infundieren. Der Raum war voller Spannungen, als sie jedes Detail des Verfahrens überwachten, wissend, dass das Schicksal von Cletus und die Zukunft ihrer Forschung von seinem Erfolg abhingen. Als die Sekunden vergingen und der transparente Boden seine Transformation fortsetzte, wurde der Raum noch dringlicher. Die Zeit lief ab, und die beiden Ärzte konnten nur hoffen, dass ihr verzweifeltes Spiel ausreichen würde, um Cletus vom Abgrund zurückzubringen, bevor es zu spät war.

Als Bubba sich darauf vorbereitete, sein Blut anzubieten, um Cletus wiederzubeleben, waren seine Gedanken von den liebevollen Erinnerungen seiner Familie überwältigt. In der Hologrammanzeige beobachtete er den Livestream seiner Eltern Morvane und Nerissa, die sich in einem herzlichen Gespräch über die Zukunft ihres Sohnes befanden. Ihre Stimmen waren voller Freude und Zuneigung und schufen eine bittersüße Mischung aus Emotionen in Bubba.

Morvane sprach stolz: "Nerissa, kannst du glauben, dass unser Junge so weit gekommen ist? Seine Intelligenz und sein Mut verblüffen mich jeden Tag. Er ist für großartige Dinge bestimmt, ich weiß es einfach."

Nerissa, ihre Augen vor Liebe schimmernd, antwortete: "Ich könnte nicht mehr zustimmen, Morvane. Unser Bubba ist ein bemerkenswerter junger Mann. Ich habe keinen Zweifel, dass er uns in den kommenden Jahren noch stolzer machen wird." Bubbas Herz schwoll vor Wärme an, als er ihren Worten lauschte. Seine Verbindung zu seinen Eltern war unzerbrechlich, und ihre unerschütterliche Unterstützung hatte ihn durch die schwierigsten Zeiten getragen.

Aber inmitten seiner emotionalen Träumerei war Bubbas erster Versuch, sein Blut anzubieten, erfolglos. Seine tiefe Verbindung zu seiner Familie und die Erinnerungen an ihre Liebe hatten den Prozess vorübergehend gestört. Er musste sich von diesen Emotionen lösen, um das Verfahren erfolgreich abzuschließen.

Als er einen zweiten Versuch unternahm, überkam ihn ein Gefühl der Entschlossenheit. Er konzentrierte seine Gedanken auf die unmittelbare Aufgabe und unterdrückte die überwältigenden Emotionen, die mit seinen Eltern verbunden waren. Diesmal floss das Blut reibungslos in die Transfusionsausrüstung und gab ihnen Hoffnung, dass es funktionieren würde.

Im weiteren Verlauf des Verfahrens trat jedoch ein unerwartetes und alarmierendes Ereignis im Live-Stream auf. Bubbas Bild verschwand plötzlich von der Hologrammanzeige. Morvane und Nerissa, die sich mit freudigen

gespräch, tauschten panische Blicke aus.

Nerissa schrie: „Bubba? Wo ist er hin? Er war einfach da."

Morvanes Stimme zitterte, als er rief: „Bubba! Kannst du uns hören?"

Die einst fröhliche Atmosphäre des Livestreams wurde angespannt und ängstlich, als Morvane und Nerissa verzweifelt begannen, nach ihrem vermissten Sohn zu suchen. Bubba beobachtete hilflos seine eigenen Emotionen, die die Panik seiner Eltern widerspiegelten. Das unerwartete Verschwinden fügte der bereits kritischen Situation eine neue Ebene der Unsicherheit und Dringlichkeit hinzu und ließ alle im Labor nervös zurück.

Dr. Marcus Grayson und Dr. Eleanor Wells kamen aus dem Labor, ihre Gesichter trugen das Gewicht der kritischen Entscheidung, die sie gerade getroffen hatten. Sie riefen Tyro dringend in eine ruhige Ecke der Basis, weg von den neugierigen Blicken und Ohren anderer. Tyro, seine Angst spürbar, betrachtete sie mit einer Mischung aus Hoffnung und

Angst. "Was hast du gefunden? Gibt es eine Möglichkeit, meinen Vater zu retten?" Dr. Grayson, dessen Stimme von emotionaler Dringlichkeit durchdrungen war, sprach zuerst. "Tyro, es gibt eine einzigartige Reaktion in Bubbas Herz. Es ist etwas, das wir noch nie zuvor gesehen haben, und wir glauben, dass es der Schlüssel zur Wiederbelebung von Cletus sein könnte. Aber es ist ein gefährliches und ungeprüftes Verfahren, und es gibt keine Erfolgsgarantie."

Dr. Wells, ihre Augen voller Mitgefühl, fügte hinzu: "Um Cletus zu retten, muss Bubba ein enormes Opfer bringen. Wir brauchen eine Probe der Reaktion seines Herzens, um das Verfahren durchzuführen. Aber Tyro, es ist ein riskantes Unterfangen, und es könnte Bubba das Leben kosten."

Tyros Emotionen wirbelten in ihm, als er sich mit der Schwere der Situation auseinandersetzte. Sein Vater Cletus war in Gefahr, und sein Freund Bubba stand nun vor der Möglichkeit, sein Leben zu opfern, um ihn zu retten.

Er dachte an die Verbindung, die er mit Bubba geknüpft hatte, und an die unerschütterliche Unterstützung, die Bubba ihm während ihrer Reise gezeigt hatte. Aber er konnte auch den Gedanken nicht ertragen, seinen Vater zu verlieren, den, der immer an ihn und sein Potenzial geglaubt hatte. Mit zitternder Stimme sprach Tyro schließlich: „Ich kann keinen von beiden verlieren. Bubba ist mein Freund und Cletus ist mein Vater. Ich brauche etwas Zeit zum Nachdenken. Bitte, gib mir nur ein wenig Zeit, um mich zu entscheiden."

Dr. Grayson und Dr. Wells nickten und verstanden das Gewicht der Entscheidung, die Tyro treffen musste. „Lass dir Zeit, Tyro. Wir sind da, wenn du bereit bist. Aber bitte verstehe, dass die Zeit für Cletus knapp wird."

Damit verließen sie Tyro, um sich mit der unmöglichen Entscheidung auseinanderzusetzen, die vor ihm lag, sein Herz schwer vor dem Wissen, dass er sich vielleicht zwischen den beiden wichtigsten Menschen in seinem Leben entscheiden musste.

Allein mit dem Denker war Tyro im Wirbelwind der Emotionen und Entscheidungen gefangen. Er starrte auf die seltsamen Muster, die gezeichnet wurden, und erkannte, dass sie von Bubbas Gedanken ausgingen. Es war, als ob sein Freund, der sich darauf vorbereitete, das ultimative Opfer zu bringen, versuchte, mit ihm auf eine Weise zu kommunizieren, die Worte nicht ausdrücken konnten.

Die holographischen Muster tanzten vor Tyros Augen, und er begann, den komplizierten Code zu entschlüsseln, den Bubba mit seinen Gedanken schuf. In der Stille des Augenblicks spürte er eine intensive Verbindung zu seinem Freund, eine Verbindung, die über Worte und Handlungen hinausging.

Als Tyro das Muster zusammensetzte, spürte er die Tiefe von Bubbas innerem Konflikt, die Liebe und Hingabe, die er für seine Familie empfand, und seinen

Wunsch, Cletus zu retten. Es war eine Botschaft der Selbstlosigkeit und Tapferkeit, ein Beweis für den bemerkenswerten Charakter seines Freundes.

Inmitten dieses stillen Gesprächs kämpfte Tyro mit seiner eigenen inneren Unruhe. Er fragte sich, ob er den Verlust seines Vaters Cletus oder seines treuen Freundes Bubba ertragen könne. Das Gewicht der bevorstehenden Wahl schien fast unerträglich.

Mit Tränen in den Augen sprach Tyro leise zu sich selbst: „Ich kann sie nicht im Stich lassen. Bubba ist bereit, sich für Cletus zu opfern, und das Leben meines Vaters steht auf dem Spiel. Ich muss einen Weg finden, sie beide zu retten."

Der Denker fuhr fort, die Muster zu entwerfen, eine stille Erinnerung an den immensen Mut und die Opferbereitschaft, die Bubba zu übernehmen bereit war. Es war ein Moment tiefer Selbstbeobachtung für Tyro, und er wusste, dass die Entscheidung, die er traf, das Schicksal derer prägen würde, die ihm am meisten am Herzen lagen.

Tyro zog sich in eine geheime Kammer zurück, versteckt vor neugierigen Blicken, das Gewicht der Welt auf seinen Schultern. In der Kammer griff er vorsichtig auf ein kleines Gerät zu, das diskret im Nacken eingebettet war. Mit einer schnellen Bewegung aktivierte er es, und in einem Augenblick fand sich Tyro in eine surreale Maschine versetzt, die als "Infineighteen" bekannt war.

Diese bemerkenswerte Erfindung, die von Tyro selbst geschaffen wurde, hatte die Macht, in Sekundenschnelle in die Köpfe anderer einzudringen und ihre Gedanken zu manipulieren. Die einzige Bedingung war, dass das Subjekt auf dem transparenten Boden im Inneren der Röhre liegen muss. Tyros Entdeckung war eine gemeinsame Anstrengung mit seinem Vater Cletus gewesen, eine Zusammenarbeit, die abgebrochen worden war, als Cletus von Dr. Scorch in Gewahrsam genommen wurde.

Im Inneren des Infineighteen konnte Tyro durch die Feinheiten des Geistes eines Menschen navigieren, ein Ort voller Erinnerungen, Emotionen und Wünsche. Er hatte diese Technologie für verschiedene Zwecke eingesetzt, aber jetzt war die Situation schlimmer denn je.

Als Tyro sich darauf vorbereitete, die Infineighteen zu benutzen, konnte er nicht anders, als an Cletus und Bubba zu denken. Die Erinnerungen an ihre gemeinsame Arbeit an dieser Erfindung, das Lachen, das sie geteilt hatten, und die Hoffnungen, die sie für die Zukunft gehegt hatten, überfluteten seinen Geist. Es war eine Erinnerung an die Bindung, die er mit beiden teilte, eine Bindung, die er jetzt um jeden Preis schützen wollte.

Tyro wusste, dass er eine einzigartige Gelegenheit hatte, in Bubbas Gedanken einzudringen, die Tiefe der Gedanken seines Freundes zu verstehen und möglicherweise die bevorstehende Entscheidung zu beeinflussen. Mit einem tiefen Atemzug initiierte er die Sequenz und betrat das komplizierte Labyrinth von Bubbas Bewusstsein.

Als sich Tyro in das Labyrinth von Bubbas Geist wagte, war er sich der Zeitbeschränkung durch die Infineighteen-Maschine bewusst. Es hatte die Macht, für nur achtzehn Minuten in die Tiefen der Gedanken eines Menschen einzutauchen, ein Fenster der Gelegenheit, das sowohl ein Segen als auch ein Fluch war. Interessanterweise hatten die Infineighteen eine schlimme Konsequenz. Jede Person, die es benutzte, um den Geist eines anderen zu infiltrieren und ihre Begrüßung im Bereich der Gedanken zu übertreffen, würde sich in den tückischen Gebieten wiederfinden, die als "vergessene Zellen" bekannt sind. Dieses gefährliche Reich hatte die Macht, die eigene Existenz auszulöschen, was zu einem Schicksal führte, das nur als eine Form des psychologischen Todes beschrieben werden konnte.

Für Tyro fügte dies seiner Mission ein Element der Dringlichkeit hinzu. Er musste durch das Labyrinth von Bubbas Bewusstsein navigieren, den inneren Aufruhr seines Freundes verstehen und seine Entscheidung auf eine Weise beeinflussen, die sowohl Bubba als auch Cletus retten würde, alles innerhalb der engen Grenzen der 18-Minuten-Grenze. Die Uhr tickte, und Tyro wusste, dass jede Sekunde zählte, als er tiefer in die Tiefen von Bubbas Geist reiste und sich der damit verbundenen Gefahren auf Leben und Tod bewusst war.

In den komplizierten Landschaften von Bubbas Geist standen sich Tyro und Bubbas Bewusstsein von Angesicht zu Angesicht gegenüber. Die digitale Uhr in der Infineighteen-Maschine erinnerte sie an die tickenden Sekunden, als sie ein tief emotionales Gespräch führten.

Tränen strömten in Tyros Augen, als er seinen Freund anflehte: „Bubba, das kannst du nicht tun. Ich kann dich nicht verlieren. Cletus ist wichtig, aber du auch. Du bedeutest mir alles."

Bubba, die eigenen Augen neblig, versuchte Tyro zu überzeugen, „Tyro, Cletus hat das Wissen, das die Welt verändern kann. Mein Leben ist nur eines von vielen, aber die Arbeit deines Vaters könnte unzähligen Leben zugute kommen. Das ist die richtige Wahl."

Tyro schüttelte den Kopf, seine Stimme zitterte, „Ihr beide seid wichtig. Ich kann es nicht ertragen, einen von euch zu verlieren."

Im Hintergrund zählte die Uhr der Infineighteen-Maschine weiter die Minuten herunter.

Bubba streckte die Hand aus und hielt Tyros Hand fest und voller Aufrichtigkeit. "Hör zu, Tyro, wenn ich es nicht schaffe, versprich mir, dass du meinen Eltern sagen wirst, dass ich sie liebe. Sag ihnen, dass ich das für eine bessere Welt und für dich getan habe, mein liebster Freund."

Tyro nickte, Tränen strömten ihm über die Wangen. »Versprochen, Bubba. Aber lassen Sie uns gemeinsam einen anderen Weg finden. Wir werden dich und meinen Vater retten."

Bubba lächelte schwach, seine Stimme war voller Wärme: „Das ist der Geist, Tyro. Gib niemals auf. Nutze jetzt die Zeit, die wir noch haben, um Cletus zu helfen. Ich glaube an dich, mein Freund."

Als die Sekunden schrumpften, schickte Bubba eine letzte herzliche Botschaft durch Tyro. In der realen Welt begann die Infineighteen-Maschine abzuschalten, und Bubbas Bewusstsein bereitete sich darauf vor, Tyros Verstand zu verlassen.

Mit einer letzten Umarmung flüsterte Bubba Tyro zu: „Sag meinen Eltern, dass ich sie liebe und dass ich im Geiste bei ihnen sein werde. Und denk daran, mein Freund, du bist nie allein. Du hast die Kraft, uns alle zu retten."

Als der Infineighteen-Timer Null erreichte, begann Bubbas Bewusstsein zu verblassen und Tyro mit dem Gewicht der Welt auf seinen Schultern und einem Versprechen für seinen lieben Freund zu erfüllen. Als Tyro aus den Tiefen von Bubbas Bewusstsein zurückkehrte, wurde er von den beiden Ärzten Dr. Marcus Grayson und Dr. Eleanor Wells getroffen. Ihre Gesichter waren eine Mischung aus Sorge und Vorfreude, da sie gerade das heikle Verfahren abgeschlossen hatten

mit Bubbas Herz.

Atemlos und emotional ausgelaugt hatte Tyro Mühe, Worte zu finden. Er erklärte: "Ich war in Bubbas

Kopf, und er brachte ein Opfer... ein selbstloses. Ich konnte ihn nicht damit durchkommen lassen."

Die Ärzte tauschten einen Blick aus und verstanden den Ernst der Situation. Dr. Grayson sprach leise: „Tyro, wir mussten mit dem Verfahren fortfahren. Wir haben Bubbas Herz entfernt und die Probe verwendet, um Cletus wiederzubeleben. Es war unsere einzige Chance, ihn zu retten."

Tyro fühlte einen schweren Anfall von Schuld und Traurigkeit, als er ins Labor eilte, wo Cletus und Bubbas Leichen aufbewahrt wurden. Er näherte sich Bubbas lebloser Gestalt und legte eine zitternde Hand auf die Stirn seines Freundes. Tränen stiegen in seine Augen, als er von Herzen flüsterte: „Danke, Bubba, für dein Opfer. Es tut mir so leid."

Der Raum war von einer düsteren Atmosphäre erfüllt, Tyros Trauer spürbar. Sein Herz schmerzte für den Verlust seines lieben Freundes. Aber gerade als er sich mit dem Opfer auseinandersetzte, brachte ihn eine sanfte Berührung seiner Schulter dazu, sich umzudrehen.

Es war Cletus, sein Vater, der aus seinem langen Schlaf erwacht war. Der Blick in Cletus 'Augen war eine Mischung aus Dankbarkeit, Liebe und Erleichterung. Er legte eine Hand auf Tyros Schulter, und seine Stimme war voller Emotionen, als er sagte: „Danke, mein Sohn, dass du mich zurückgebracht hast. Und danke für deine unerschütterliche Freundschaft mit Bubba. Er hat das ultimative Opfer gebracht, und ich verspreche, dass wir sein Andenken ehren werden."

In diesem ergreifenden Moment war der Raum von einem tiefen Gefühl des Verlustes und der Erneuerung erfüllt. Bubbas Opfer hatte Cletus eine zweite Chance im Leben gegeben, und Tyros Mut hatte die Kluft zwischen Verzweiflung und Hoffnung überbrückt. Es war ein Beweis für die Stärke ihrer Bindungen und die Anstrengungen, die sie unternahmen, um sich gegenseitig zu schützen und zu retten. Als Cletus über die Entdeckung der Infineighteen durch seinen Sohn staunte, leuchtete ein Funken Hoffnung in seinen Augen auf. Er konnte nicht anders, als die drängende Frage zu stellen: "Tyro, wie viel Zeit ist vergangen, seit Bubbas Herz von seinem Körper getrennt war?" Die beiden Ärzte, Dr. Marcus Grayson und Dr. Eleanor Wells, traten vor, um eine Antwort zu geben. Dr. Grayson sprach mit einem Hauch von Optimismus: "Cletus, es ist nur eine Frage von Minuten seit dem Eingriff. Wir mussten schnell handeln, um Sie zu retten, und das Timing war entscheidend."

Cletus nickte und verarbeitete die Informationen. Ein entschlossener Ausdruck kreuzte sein Gesicht, und er wandte sich mit unerschütterlicher Entschlossenheit an Tyro. "Wenn noch Zeit ist, glaube ich, dass ich die Infineighteen benutzen kann, um in Bubbas Kopf einzudringen und ihn auch zu retten. Wir müssen schnell handeln."

Tyros Augen weiteten sich vor Überraschung und Hoffnung. Die Möglichkeit, Bubba, seinen lieben Freund, zu retten, war ein Lichtstrahl inmitten ihres jüngsten Verlustes. Er konnte seine Aufregung und Dankbarkeit nicht zurückhalten. "Das schaffst du, Dad? Das ist unglaublich!" Cletus nickte, sein Herz war voller Entschlossenheit. "Mit den Infineighteen glaube ich, dass wir die Verbindung zwischen unseren Köpfen überbrücken und Bubba retten können. Aber Zeit ist von entscheidender Bedeutung. Fahren wir fort."

Mit neuer Hoffnung und einem Gefühl der Dringlichkeit bereiteten sich Cletus, Tyro und die beiden Ärzte auf die nächste Phase ihrer außergewöhnlichen Reise vor, wohl wissend, dass sie die Chance hatten, den Freund zurückzubringen, der das ultimative Opfer gebracht hatte.

"AUS DER ASCHE AUFERSTEHEN"

Dr. Cletus hatte monatelang unermüdlich an dem mysteriösen Chip gearbeitet, bevor er von Dr. Scorch gefangen genommen wurde, dem Höhepunkt einer lebenslangen Forschung. Er wusste, dass seine Aktivierung der Schlüssel war, um Bubbas Leben zu retten und ihn zu seiner Familie zurückzubringen. Als er vor der imposanten Maschine namens "Infineighteen" stand, erfüllte eine gedämpfte Vorfreude den Raum. Sein Sohn Tyro beobachtete mit einem besorgten Gesichtsausdruck jede Bewegung seines Vaters.

Dr. Cletus: (murmelt zu sich selbst) „Es ist jetzt oder nie. Dieser Chip enthält die Antwort auf alles."

Mit ruhiger Hand steckte Dr. Cletus den Chip vorsichtig in einen Anschluss an der Basis von Infineighteen. Als er sie aktivierte, summte die Maschine zum Leben und strahlte ein unheimliches, jenseitiges Leuchten aus. Der Raum schien mit einer Energie zu vibrieren, die spürbar war.

Tyro: (ängstlich) „Vater, bist du dir da sicher? Es scheint so... riskant zu sein."

Dr. Cletus: (Rückblick auf seinen Sohn) „Ich habe mein ganzes Leben damit verbracht, das zu erforschen, Tyro. Es ist die einzige Chance, die wir haben, um Bubba zu retten und zu verstehen, was mit ihm passiert. Jetzt tritt zurück."

Gerade als Dr. Cletus fertig gesprochen hatte, gab es einen ohrenbetäubenden "bing bang" -Soundeffekt, und er brach bewusstlos auf den Boden zusammen. Panik erfüllte den Raum, als Tyro an die Seite seines Vaters eilte.

Tyro: (hektisch) „Papa! Dad, kannst du mich hören? Irgendjemand, hilf!"

Andere Ärzte, darunter Dr. Grayson und Dr. Wells, eilten schnell zum Tatort, und es gelang ihnen, Dr. Cletus in ein nahegelegenes Bett zu bringen. Als er bewusstlos da lag, wusste Tyro, dass er stark bleiben musste. Sein Vater hatte klare Anweisungen für diesen kritischen Moment gegeben.

Tyro: (entschlossen, die Ärzte anredend) „Hört alle zu. Wir müssen sofort mit Bubbas Herzoperation fortfahren. Mein Vater bereitete sich darauf vor. Du weißt, was zu tun ist. Ich werde bei ihm bleiben und seinen Zustand überwachen." Die anderen Ärzte, darunter Dr. Grayson und Dr. Wells, nickten, und mit einem Gefühl der Dringlichkeit begannen sie, sich auf das heikle Verfahren vorzubereiten, um Bubbas Herz in seinem Körper zu fixieren.

Dr. Grayson: (fokussiert) „Wir haben keine Sekunde zu verschwenden. Bereiten Sie den Operationssaal vor und bereiten Sie die Ausrüstung vor."

Dr. Wells: (Kontrolle der Ausrüstung) „Seine Vitalzeichen schwächen sich ab. Wir müssen schnell handeln.

Als sich die Ärzte auf die Operation vorbereiteten, wandte Tyro seine Aufmerksamkeit wieder seinem bewusstlosen Vater zu und flüsterte ermutigende Worte.

Tyro: (leise) „Du hast uns gut trainiert, Dad. Wir werden Bubba und dich retten. Wie du gesagt hast, wir haben achtzehn Minuten. Wir werden dich nicht enttäuschen."

Der Countdown hatte begonnen. Im Wettlauf gegen die Zeit stand das Schicksal von Bubba und Dr. Cletus auf dem Spiel.

Als Dr. Cletus sich in Bubbas Gedanken vertiefte, befand er sich in einem komplizierten Labyrinth von Erinnerungen und Emotionen. Es war eine entmutigende Aufgabe, durch die komplexen Nervenbahnen zu navigieren, aber er war entschlossen. Nach einer scheinbar Ewigkeit lokalisierte er schließlich das limbische System, das emotionale Zentrum von Bubbas Gehirn.

Dr. Cletus: (flüstert zu sich selbst) „Ich habe es gefunden. Jetzt geht es darum, die Verbindung herzustellen und zu stabilisieren."

Der Cletus initiierte sanft den Kontakt mit dem limbischen System. Es reagierte mit einer Reihe von lebendigen, fragmentierten Erinnerungen. Er konnte Ausschnitte aus Bubbas Leben sehen, von

Kindheitserlebnissen bis hin zu Momenten des Glücks und der Trauer.

In der Zwischenzeit arbeiteten Dr. Grayson und Dr. Wells im Operationssaal mit Präzision und Entschlossenheit daran, Bubbas geschädigtes Herz zu reparieren. Der Raum war gefüllt mit dem leisen Brummen medizinischer Geräte und den fokussierten Stimmen des OP-Teams.

Dr. Grayson: (konzentriert) „Skalpell, bitte."

Krankenschwester: "Skalpell kommt gleich, Dr. Grayson."

Mit ruhiger Hand setzte Dr. Grayson das empfindliche Verfahren fort, während Dr. Wells die Vitalzeichen von Bubba überwachte.

Dr. Wells: (ruhig) „Stetig auf der Herzfrequenz.

Gut. Wir machen Fortschritte."

Zurück in dem Raum, in dem Dr. Cletus mit Bubbas Geist verbunden war, wachte Tyro über den unbewussten Körper seines Vaters und fühlte eine Mischung aus Angst und Hoffnung.

Tyro: (leise zu sich selbst) „Halt durch, Dad. Du schaffst das. Bubbas Herzoperation läuft gut, und du bist in seinem Kopf und tust deinen Teil."

Die Zeit war von entscheidender Bedeutung. Die Uhr tickte, und sie alle wussten, dass sie nur achtzehn Minuten Zeit hatten, um sowohl Bubba als auch Dr. Cletus zu retten. Es war ein Wettlauf gegen die Zeit, aber mit Entschlossenheit, Geschick und der unerschütterlichen Liebe eines Vaters waren sie entschlossen, erfolgreich zu sein.

Als Tyro seinen bewusstlosen Vater, Dr. Cletus, im Auge behielt, wurde er durch ein seltsames Geräusch alarmiert, das von der Thoughtter-Maschine ausging. Die Messwerte auf dem Display der Maschine deuteten auf eine Verschiebung der Gedankenfrequenzen von Bubba hin. Tyro erkannte schnell, dass es sich um eine Nachricht seines Vaters handelte. Tyro: (aufgeregt) „Eine Nachricht von Papa? Was ist da drin los?"

Er entschlüsselte die Nachricht und, genau wie in Bubbas Kopf, erschien eine holografische Projektion von Bubbas Eltern, Nerissa und Morvane, im Raum, wobei sich Bubbas Replikate auf die herzerwärmende Interaktion einließen.

Nerissa: (lächelt) „Bubba, meine Liebe, kannst du uns hören? Es sind Mama und Papa."

Morvane: (grinst) „Wir sind hier bei dir, Sohn."

Die holografischen Figuren von Bubbas Eltern fühlten sich so real an, dass Tyro nicht anders konnte, als von der emotionalen Verbindung bewegt zu werden.

Tyro: (mit einem Kloß im Hals) „Das ist unglaublich. Mama, Papa, Bubba redet mit dir."

Nerissa: (mit Wärme) „Wir sind für ihn da, Tyro. Wir haben unseren Sohn so sehr vermisst."

Morvane: (mit Stolz) „Er ist ein Kämpfer, genau wie sein alter Herr. Wir werden bald wieder vereint sein."

Tyro konnte nicht anders, als eine Träne Erleichterung zu vergießen. Die Live-Stream-Verbindung stellte sowohl für Bubba als auch für Dr. Cletus eine Lebensader dar, und es war ein tiefer Moment, der die Familie auf eine Weise vereinte, die die Grenzen des Bewusstseins überschritt.

Tyro: (emotional) „Danke Papa, für diese Verbindung. Bubba musste Mama und Papa sehen. Es gibt ihm Kraft."

Mit Bubbas Repliken, die sich in herzlichen Gesprächen mit den holografischen Bildern seiner Eltern befanden, spürte Tyro ein erneutes Gefühl der Entschlossenheit, um sicherzustellen, dass die Herzoperation reibungslos verlief. Die gemeinsamen Anstrengungen seines Vaters und des Operationsteams waren ihre beste Hoffnung, Bubba zu seiner Familie zurückzubringen, wo er wirklich hingehörte.

Bubba saß am ruhigen Ufer eines kristallklaren Sees in der weiten Landschaft seines Geistes. Das sanfte Läppen des Wassers gegen das Ufer war beruhigend. Als er die Gelassenheit des Augenblicks in sich aufnahm, näherte sich sein Vater Morvane mit einem warmen Lächeln im Gesicht.

Morvane: (mit sanftem Ton) "Bubba, mein Junge, es war eine ziemliche Reise, nicht wahr?"

Bubba: (nickt) „Das hat es, Dad. Ich habe

so sehr."

Morvane: (neben ihm sitzend) „Das Leben kann wie diese Gewässer sein, Bubba. Mal ruhig, mal turbulent. Aber in diesen Momenten der Stille finden wir oft Klarheit."

Bubba schaute auf das friedliche Wasser und absorbierte die Weisheit in den Worten seines Vaters.

Bubba: (neugierig) „Was ist das Geheimnis, Dad? Wie findest du Sinn in all dem?"

Morvane: (reflektierend) "Nun, mein Sohn, im Leben geht es nicht nur darum, was du bekommst; es geht darum, was du gibst. Die wahre Bedeutung liegt in den Verbindungen, die du herstellst, der Liebe, die du teilst, und dem Einfluss, den du auf andere hast."

Bubbas Augen glitzerten, als er seinem Vater zuhörte.

Bubba: (nachdenklich) "Das habe ich auch gelernt, Dad, durch all das."

Morvane: (nickt) „Das ist mein Junge. Die Art des Gebens, der Selbstlosigkeit, darin liegt wahre Befriedigung. Wenn man im Leben eines Menschen etwas bewirken kann, ist das die lohnendste Sache."

Bubba: (Dankbarkeit) „Ich habe die Liebe und Fürsorge von so vielen Menschen gesehen, auch von dir und Mama. Es ist das, was mich am Laufen gehalten hat."

Morvane: (lächelt stolz) „Und du hast auch den Weg der Belastbarkeit, des Mutes und der Entschlossenheit gelernt, Bubba. Das ist genauso wichtig."

Als sie ihr herzliches Gespräch an den Ufern von Bubbas Geist fortsetzten, spürte Bubba ein tiefes Gefühl der Verbindung zu seinem Vater. Er verstand, dass der Sinn des Lebens nicht nur darin bestand, was man für sich selbst erreichen konnte, sondern auch darin, welchen Einfluss sie auf die Welt und das Leben derer hatten, die sie berührten.

Bubba: (sich zufrieden fühlen) „Danke, Dad. Ich bin so glücklich, deine Führung zu haben, selbst in Momenten wie diesen."

Morvane: (mit einer liebevollen Umarmung) „Und ich habe Glück, einen Sohn zu haben, der so stark und mitfühlend ist wie du, Bubba. Wir werden das gemeinsam durchstehen."

Das Gespräch zwischen Vater und Sohn an den Ufern von Bubbas Geist war eine kraftvolle Erinnerung an die dauerhafte Stärke ihrer Verbindung und die tiefen Lebenslektionen, die sie teilten. Es gab Bubba die Kraft, die er brauchte, um sich den bevorstehenden Herausforderungen zu stellen und mit einem tieferen Verständnis für den wahren Sinn des Lebens aus seiner Tortur hervorzugehen.

Als Bubba am ruhigen Seeufer saß, erwärmte sich sein Herz noch mehr, als er eine sanfte Präsenz hinter sich spürte. Als er sich umdrehte, sah er seine Mutter Nerissa mit einem liebevollen Lächeln auf dem Gesicht. Sie setzte sich neben Bubba, und er spürte die Wärme ihrer Umarmung.

Nerissa: (zärtlich) „Oh, mein kostbarer Bubba. Es ist so lange her, dass ich dich so festgehalten habe."

Bubba: (Tränen in den Augen) „Mama, ich habe dich mehr vermisst, als Worte ausdrücken können."

Nerissa wischte sanft eine Träne von Bubbas Wange ab.

Nerissa: (mit Zuneigung) „Ich war bei jedem Schritt des Weges bei dir, meine Liebe. Auch wenn ich nicht an deiner Seite sein konnte, war mein Herz immer bei dir."

Bubba: (sich getröstet fühlen) „Ich habe deine Gegenwart gespürt, Mama. Es ist das, was mich am Laufen gehalten hat."

Nerissas Augen funkelten vor Liebe und mütterlichem Stolz.

Nerissa: (leise) „Du bist die Verkörperung unserer Liebe, Bubba. Du hast Kraft und einen Geist, der die Herzen von so vielen berührt hat."

Bubba: (gedemütigt) „Ich habe so viel von euch beiden gelernt, Mama und Papa. Der Sinn des Lebens, die Kraft des Gebens und die Stärke der Familie."

Nerissa: (umarmt ihn) „Wir sind so stolz auf die Person, die du geworden bist. Und wir sind hier, um Sie zu unterstützen, so wie wir es immer waren."

Die drei, Bubba, sein Vater Morvane und seine Mutter Nerissa, saßen am Seeufer und teilten einen Moment der Liebe, Zuneigung und unzerbrechlichen Familienbande.

Bubba: (mit Dankbarkeit) „Ich fühle mich so gesegnet, euch beide als meine Eltern zu haben. Deine Liebe ist mein Anker." Nerissa: (hält ihn fest) „Und deine Stärke ist unsere Inspiration, Bubba. Wir sind hier, um Sie durch jeden Schritt des Weges zu führen."

In diesem tiefen Moment wurde die Kraft der Familie, der Liebe und der Einheit noch deutlicher. Als Bubba sich den bevorstehenden Herausforderungen stellte, wusste er, dass er die unerschütterliche Unterstützung und Liebe seiner Eltern hatte, um ihm auf der Reise des Lebens zu helfen.

Im Inneren des mysteriösen Tempels hielt Bubba, jetzt ein fünfundsiebzigjähriger Mann, den Steinfisch in seiner Hand. Der Tempel hatte eine Aura alter Weisheit und ein Gefühl der Zeitlosigkeit. Als er den Stein in seinen Augen berührte, schien sich die Welt um ihn herum zu verändern, und ein tiefes Verständnis überflutete ihn.

Der treue Hund, der sein Begleiter gewesen war, bellte freudig und spürte die Verwandlung, die in Bubba stattfand. Zu Bubbas Erstaunen begann er die Sprache des Hundes zu verstehen. Tyro, der treue Eckzahn, war genauso überrascht wie sein Besitzer.

Bubba: (lächelt) „Tyro, du bist es! Du warst all die Jahre bei mir."

Tyro: (bellt vor Aufregung) „Bubba, du bist es wirklich! Ich habe auf dich gewartet."

Als Bubba mit Tyro kommunizierte, eilte eine Flut von Erinnerungen und Geschichten zu ihm zurück. Die Verbindung, die sie teilten, war nicht nur eine der Kameradschaft, sondern auch der wahren Freundschaft und des Verständnisses.

Bubba: (Tränenaugen) „Tyro, was ist nach all den Jahren passiert? Wohin hat uns unsere Reise geführt?"

Tyro: (mit wedelndem Schwanz) „Wir sind weit gereist, haben unzählige Menschen getroffen und gemeinsam Abenteuer erlebt. Du hast so vielen geholfen, Bubba."

Als Tyro von ihren Abenteuern erzählte, hörte Bubba mit einem Gefühl der Erfüllung zu. Er hatte seine Jahre damit verbracht, das Leben anderer zu verändern, genau wie seine Eltern es ihm in den Tiefen seines Geistes beigebracht hatten.

Bubba: (dankbar) „Tyro, es war eine bemerkenswerte Reise, nicht wahr?"

Tyro: (mit einem weisen Blick) „Das hat es, Bubba. Und jetzt hast du ein neues Kapitel des Verstehens freigeschaltet. Der Tempel hat dir seine Geheimnisse offenbart." Bubba empfand ein tiefes Gefühl der Dankbarkeit für die Erfahrungen, die er mit Tyro gemacht hatte, für die Weisheit, die der Tempel ihm verliehen hatte, und für die anhaltende Liebe seiner Eltern. Während sie zusammen in dem mysteriösen Tempel saßen, ging Bubbas Reise durch das Leben weiter, gefüllt mit neuen Möglichkeiten und neuem Verständnis.

Aus Gründen der Klarheit lassen Sie uns die Abfolge der Ereignisse, die zu diesem Punkt führen, zusammenfassen:

Bubba, ein enger Freund von Dr. Cletus 'Sohn Tyro, hatte sich der erfolgreichen Herzoperation mit der fachkundigen Betreuung von Dr. Grayson und Dr. Wells unterzogen. Dr. Cletus hatte sich in Bubbas Kopf gewagt, um ihm die mentale Stärke zu geben, die er brauchte, um die Operation zu überstehen, obwohl er nicht Bubbas Vater war. Seine Freundschaft und sein Engagement für Bubba waren ebenso unerschütterlich.

Nach erfolgreichem Abschluss des chirurgischen Eingriffs ist Bubba in stabilem Zustand daraus hervorgegangen. Tyro, über alle Maßen erleichtert, war da, um seinen Freund mit einer herzlichen Umarmung wieder auf der Welt willkommen zu heißen. Die Freude über ihr Wiedersehen war greifbar, und Bubba war nun auf dem Weg der Besserung. In der Zwischenzeit kehrte Dr. Cletus, der Bubba in seinem Kopf geholfen hatte, nach dem Erfolg der Operation zu seiner Basis zurück. Er hatte die unglaubliche Kraft der Liebe, Hingabe und des menschlichen Geistes angesichts von Widrigkeiten demonstriert.

Was Dr. Scorch betrifft, den Schurken, der eine Bedrohung darstellte, hatte Dr. Cletus einen entscheidenden Schlag versetzt. Er zerstörte das gesamte System von Dr. Scorch und besiegte in einer dramatischen Konfrontation die bösartigen

Außerirdischen, die sich mit Scorch verbündet hatten. In einer überraschenden Wendung schloss sich der außerirdische Bösewicht Scorch, der den Fehler seiner Wege erkannte, mit Dr. Cletus zusammen, ein Zeichen der Erlösung und Hoffnung für die Zukunft.

Nachdem Bubba gerettet und Dr. Scorchs Bedrohung beseitigt war, stand Dr. Cletus als Symbol für Liebe, Entschlossenheit und die anhaltende Kraft des menschlichen Geistes. Die Geschichte hatte sich geschlossen, und die Charaktere hatten ihre Vorsätze angesichts der Widrigkeiten gefunden.

FAZIT

Im Angesicht von Widrigkeiten leuchten die Kraft des menschlichen Geistes, die Bande der Liebe und die Kraft der Erlösung hell. Bubba, ein Freund in Not, befand sich in einer gefährlichen Situation, aber die unerschütterliche Unterstützung seiner Mitmenschen, insbesondere von Dr. Cletus, machte den Unterschied.

Durch die miteinander verbundenen Bemühungen der Liebe eines Vaters, qualifizierter Ärzte und der Hartnäckigkeit eines treuen Freundes wurde Bubbas Leben gerettet. Der mysteriöse Tempel, die heilende Kraft der Gedanken und die Einheit der menschlichen und fremden Welten fügten dieser unglaublichen Reise einen Hauch von Außergewöhnlichem hinzu.

Am Ende ist diese Geschichte ein Beweis für die Unbezwingbarkeit des menschlichen Geistes, die Fähigkeit, andere in ihren Zeiten der Not zu geben und zu unterstützen, und das Potenzial für Erlösung und Transformation auch an den unerwartetsten Orten. Es dient als Erinnerung daran, dass Liebe, Hingabe und Charakterstärke unabhängig von den Herausforderungen zu einer triumphalen Lösung führen können.

ÜBER DEN AUTOR

In seiner Karriere als **Automobilingenieur, ehemaliger Leiter der Abteilung für** Automobiltechnik (Polytechnikum) und **Informatik** (Gymnasium) hat **Maheshwara Shastri** seine Fähigkeiten in mehrere private Unternehmen, Hochschulen und Schulen in Indien eingebracht. Er stammt aus einer einfachen Familienstruktur und hat seine Lebensreise mit seiner Mutter, seiner Frau und zwei Schwestern geteilt, nachdem er seinen Vater schon früh verloren hatte.

Doch unter der Oberfläche seines Berufslebens birgt Maheshwara Shastri eine tiefe Leidenschaft für das Geschichtenerzählen. Er strebte immer danach, ein Autor zu sein, und verfasste zunächst Kurzgeschichten, die tiefgreifende moralische Lektionen über das Leben enthielten. Seiner Kreativität sind keine Grenzen gesetzt, und er taucht oft in die Bereiche seiner Phantasie ein, wo er träumt, reist und die lebendigen Landschaften seines Geistes in die Seiten seiner Bücher übersetzt. Was als reines Hobby begann, hat sich mittlerweile zu einem vollwertigen Beruf entwickelt.

Als Träumer und Visionär glaubt Maheshwara Shastri fest daran, dass Träume, wenn sie unerbittlich verfolgt werden, in die Realität umgesetzt werden können. Zu seinen Bestrebungen gehört es, seine eigenen

Animationsfilme zu erstellen, und er stellt sich vor, sein eigenes Animationsfilmstudio zu gründen.

Derzeit arbeitet Maheshwara Shastri an zwei faszinierenden Büchern. Eine trägt den Titel **"Ehrlich zu sein wird dich alles kosten"** und befasst sich mit den harten Realitäten, die Ehrlichkeit oft enthüllt. Das zweite ist **"Peace Piece"**, das die tiefgreifenden Folgen des Bewusstseins untersucht.

Maheshwara Shastris Schreiben dreht sich oft um das Thema Selbstvertrauen und das ungenutzte Potenzial, das in jedem von uns steckt. Er betont, dass unsere einzigartigen Fähigkeiten eine Fundgrube sind, die uns nicht genommen werden kann. Indem wir diese Talente erkennen und fördern, können wir die Kunst des Lebens meistern.

Neben seinen aktuellen Projekten hat Maheshwara Shastri mehrere andere Bücher verfasst, darunter

ENGLISCHE BÜCHER

- 'Schwarze Punkte'
- 'Shores of Wonder'
- "Out of Arena: Das geheimnisvolle Land des Lebens"
- "Wendungen und Wendungen in den Träumen Gottes"
- 'Mahlzeit - Der Manager'
- 'Präzision der Vorentscheidung'

KANNADA-BÜCHER

- 'Saavinaache Payana'
- 'Naa Obba Writtarru – Baa Guru Pustaka Odu'
- 'Kanakaambari Kathe'

Sein Werk spiegelt seine Leidenschaft für das Geschichtenerzählen und sein Engagement wider, andere durch seine literarischen Kreationen zu inspirieren.

FIKTIONALE INHALTSERKLÄ

Dieses Buch, seine Charaktere und die auf seinen Seiten dargestellten Ereignisse sind ausschließlich Produkte der Phantasie des Autors und dienen Unterhaltungszwecken. Ähnlichkeiten mit realen Individuen, Situationen oder Ereignissen sind rein zufällig. Der Autor möchte betonen, dass dieses Werk ein Werk der Fiktion ist und jede Ähnlichkeit mit tatsächlichen Personen, lebenden oder verstorbenen oder realen Ereignissen unbeabsichtigt ist.Die Namen, Charaktere und Vorfälle in diesem Buch sind das Ergebnis der Kreativität des Autors und sollten nicht als Tatsachen ausgelegt werden. Jegliche Verweise auf Orte, Organisationen oder historische Ereignisse werden fiktiv verwendet und sollen keine Realität darstellen.

Der Autor erkennt an, dass die reale Welt riesig und vielfältig ist, und während Inspiration daraus gezogen werden kann, ist dieses Buch ein Kunstwerk und Geschichtenerzählen. Die Leser sollten sich seinem Inhalt mit dem Verständnis nähern, dass er völlig fiktiv ist und nicht dazu gedacht ist, reale Situationen, Einzelpersonen oder Ereignisse zu reflektieren oder zu kommentieren.

Unterzeichnet,
[MAHESHWARA SHASTRI]
29.09.2023 Bengaluru, Karnataka, Indien

www.ingramcontent.com/pod-product-compliance
Lightning Source LLC
LaVergne TN
LVHW041844070526
838199LV00045BA/1437